Henri Troyat est né à Moscou en 1911. Fuyant la Révolution russe, ses parents — à l'issue d'un long exode — l'amènent en France où il fait ses études (lycée, faculté de droit).

Naturalisé français, il accomplit son service militaire et, alors qu'il se trouve encore sous les drapeaux, obtient le prix du Roman populiste pour son premier ouvrage, *Faux Jour* (1935). Il publie encore *Le Vivier, Grandeur nature, La Clef de voûte* et *L'Araigne*, qui reçoit le prix Goncourt en 1938. La même année, le prix Max Barthou, décerné par l'Académie française, couronne l'ensemble de son œuvre.

Il entreprend ensuite de vaste fresques historiques : *Tant que la Terre durera* (3 vol.), *Les Semailles et les Moissons* (5 vol.) et *La Lumière des justes* (5 vol.).

L'œuvre abondante d'Henri Troyat compte aussi des nouvelles et des biographies (*Pouchkine, Dostoïevski, Tolstoï, Gogol, Catherine la Grande, Pierre le Grand, Alexandre Ier, Tchekhov, Tourgueniev, Gorki, Flaubert, Maupassant, Alexandre II, le tsar libérateur, Nicolas II, le dernier tsar, Zola, Verlaine* et *Balzac*).

Le Front dans les nuages marque un retour à sa première manière romanesque, tandis que *Le Moscovite* (3 vol.) et *Les Héritiers de l'avenir* (3 vol.) s'apparentent aux grands cycles historiques. Signalons également les derniers romans de Henri Troyat : *Toute ma vie sera mensonge, La Gouvernante française, La Femme de David, Aliocha, Youri, Le Marchand de masques, Le Défi d'Olga, Raspoutine, Viou, L'Affaire Crémonnière, Juliette Drouet* et *Terribles Tsarines*.

Grand Prix littéraire du Prince Pierre de Monaco en 1952, Henri Troyat a été élu à l'Académie française en 1959.

HENRI TROYAT
de l'Académie française

Le Fils
du satrape

RÉCIT

GRASSET

A Guite et à Minouche

I

VENISE EN COUP DE VENT

Habitué à recevoir des couples en voyage de noces, des amants clandestins, des esthètes écumeurs de musées, des touristes pour qui le fin du fin est de visiter le plus de monuments possible en un minimum de temps, le concierge de ce grand hôtel de Venise, que mon père avait choisi sur la recommandation d'un porteur de bagages, dut être désagréablement surpris en voyant débarquer, au mois de mars 1920, dans le hall somptueux du palace, la famille Tarassoff au complet, avec ses visages anxieux, ses vêtements défraîchis et ses valises de pauvres aux couvercles consolidés par des ficelles. Nous arrivions, à bout de souffle et d'argent, de la lointaine Russie, après un exode périlleux qui nous avait promenés en zigzag à travers le pays déchiré par la révolution bolchevique. De reculade en reculade, suivant la retraite des armées blanches, nous avions fini par échouer à Novorossiisk, au bord de la mer Noire. Mais la ville

était déjà cernée par les troupes de l'insurrec-
tion. En cas de capitulation, le sort des « bourgeois ennemis du peuple » était réglé d'avance.
Au pis, le massacre immédiat ; au mieux,
l'entassement dans des camps, la déportation,
les travaux forcés. La dénonciation d'un voisin
tenait lieu de jugement. Il fallait fuir, passer à
l'étranger, perdre sa patrie pour sauver sa peau.
Au moment où les premiers détachements des
forces rouges pénétraient dans les faubourgs,
nous avions pu trouver place, en catastrophe, à
bord d'un vieux paquebot nommé *Aphon*, en
partance pour Constantinople. Une fois à
Constantinople, mon père avait su, grâce à je ne
sais quelles démarches auprès des différents
consulats et des autorités improvisées qui,
depuis la fin de la guerre de 14, régnaient sur
la Turquie, obtenir, au bénéfice de toute la
famille, un visa en bonne et due forme pour la
France. Notre première escale devait être
Venise. Lorsque nous embarquâmes vers cette
destination mirifique, ma mère avait un visage
illuminé de bonheur. Dans la tragédie de l'exil,
il lui semblait que l'Europe victorieuse nous
souriait enfin. J'avais sept ans et demi à
l'époque et je me souviens de son exaltation
quand, blottis sur un « vaporetto », nous décou-
vrîmes la Cité des Doges.

A l'hôtel, par souci d'économie, nous nous
entassâmes à sept dans trois petites chambres,
dont aucune n'avait vue sur le canal. Maman
aurait souhaité profiter de notre séjour à Venise
pour visiter les galeries d'art, les églises, rêver
sur la place Saint-Marc et devant le pont des

Soupirs. Mais papa lui expliqua que nous étions tenus par des dates impératives et que, le but final de notre voyage étant la France, nous ne pouvions nous permettre de musarder en cours de route. Bref, il n'était pas question de défaire les valises, ni même de mettre le nez dehors. D'ailleurs, dès le matin de notre arrivée à Venise, il avait retenu, par l'intermédiaire du concierge, des places pour nous tous dans le train de Paris. Homme à principes, il détestait les changements de programme, les innovations imprévues, les vaines fantaisies. J'avoue que, pour une fois, j'étais moi aussi du côté de la raison. Sans doute ma hâte de partir était-elle due aux discours dithyrambiques de ma gouvernante suisse, Mlle Hortense Boileau. Depuis ma plus tendre enfance, je l'avais entendue dire que Paris était une ville dont l'importance et la beauté n'étaient surpassées que par Genève et Lausanne. Comment ne pas croire cette créature de poids, en qui mes parents avaient toute confiance ? Elle nous avait suivis, bon gré mal gré, dans notre retraite éperdue et ne manquait pas une occasion de maudire l'étrange idée qu'elle avait eue, dix ans plus tôt, d'accepter une place d'éducatrice dans une famille russe de Moscou. Malgré son long séjour en Russie, elle ne savait pas un mot de russe et ne s'exprimait qu'en français. Elle l'avait d'ailleurs appris à ma sœur aînée, Olga, à mon frère Alexandre, à mon père, à ma mère et à moi-même. Sans doute est-ce parce que nous parlions tous plus ou moins le français que papa avait choisi la France comme terre d'asile.

Or, il y avait dans notre groupe une personne qui, elle, ignorait superbement cette langue, mais qui, de plus, baragouinait à peine le russe : ma grand-mère paternelle. Native du Caucase, elle était restée fidèle à l'idiome tcher-kesse. Elle écorchait le russe quand elle essayait de se faire comprendre de ses petits-enfants et, le cerveau brouillé par la fatigue et la sénilité, refusait d'admettre que nous n'étions plus en Russie. Toutes les péripéties que nous avions traversées au hasard de nos pérégrinations étaient dues, selon elle, à l'impéritie des ministres du tsar, qui n'avaient pas su appliquer les ordres de Sa Majesté. Par charité et par las-situde, nous la laissions dans son illusion. Nous ne l'avions même pas détrompée quand elle s'était étonnée, en pénétrant dans Venise, de notre intérêt pour une ville qui venait de subir une inondation et dans les rues de laquelle on ne pouvait plus marcher à pied sec. Mlle Hor-tense Boileau disait de ma grand-mère : « Ne soyez pas dupes ! Elle comprend tout, mais elle nous mène par le bout du nez ! Elle fait son intéressante ! »

A mon avis, c'était plutôt Mlle Hortense Boi-leau qui faisait « son intéressante ». Nourrie de patriotisme helvétique, elle se considérait comme la principale victime d'une guerre et d'une révolution qui auraient dû l'épargner en tant que citoyenne d'un pays neutre. Maman l'aimait bien, peut-être par goût du français. Moi, je la détestais, ou plutôt je la redoutais. A cause de son despotisme professionnel et de ses décisions abruptes. Cependant, je devais recon-

naître qu'elle s'était adoucie dans l'atmosphère
féerique de Venise. Elle soutint maman quand
celle-ci revint à la charge pour prier papa de
retarder, de quelques jours, notre départ.

— On n'a pas le droit, quand on est à Venise,
de s'en aller sans l'avoir visitée ! soupirait
maman. Une telle occasion ne se retrouvera
peut-être jamais ! Il suffirait de changer la date
des billets...

— Je sais quelques mots d'italien, précisa
Mlle Boileau. Si vous voulez, monsieur, je peux
très bien aller discuter à la gare, tâcher d'arranger les choses...

Mais « monsieur » fut intraitable. Ayant
épuisé tous ses arguments, maman se résigna.
Pourtant, elle suggéra qu'à titre de « compen-
sation » nous nous rendions à la gare non dans
un de ces canots à moteur rapides et bruyants,
qui fendent l'eau avec insolence, mais dans une
idyllique gondole. Papa sourit avec mansué-
tude, sous sa courte moustache, à cette mani-
festation d'un romantisme désuet chez son
épouse. Mais elle avait un si joli regard qu'il
céda :

— Seulement, dit-il, je crois que nous
sommes trop nombreux et que nous avons trop
de bagages pour une seule gondole. Nous en
prendrons deux, par précaution.

Maman se retint d'applaudir, joignit les mains
à la façon hindoue, en signe de gratitude, et
Mlle Hortense Boileau, résumant l'opinion
générale, conclut :

— Comme ça, au moins, nous ne serons pas
venus pour rien à Venise !

Au jour dit, à l'heure dite, nous embarquâmes dans les deux gondoles commandées pour nous par le concierge de l'hôtel. En mettant le pied dans le bateau, papa avait l'air soucieux d'un général à la veille d'une bataille. Je pris place avec lui, maman et grand-mère dans le premier de ces esquifs à la silhouette élégante et funèbre, mon frère, ma sœur et Mlle Boileau s'installant dans le second. Et la lente glissade commença, dans un silence religieux, entre les orgueilleuses façades des palais vénitiens, échelonnés de part et d'autre du Grand Canal.

Maman commentait à mi-voix, avec enthousiasme, les beautés de cette architecture surgie du fond des âges et des flots. Visiblement, elle savourait un voyage de noces auquel elle rêvait depuis vingt ans. Papa, en revanche, consultait sa montre toutes les deux minutes, se mordait nerveusement les lèvres et tiraillait les pointes de sa moustache. De toute évidence, il se tourmentait à l'idée que, par la faute de ces stupides gondoliers aux gestes hiératiques, nous allions manquer notre train. Tourné vers maman, il finit par grogner :

— Nous n'aurions pas dû ! C'est absurde ! Voilà ce qui arrive quand on cède à tous les caprices... Avec un canot à moteur, nous serions déjà à la gare !

Aucune de ces récriminations n'atteignait maman à travers son mirage. Etait-elle encore consciente que nous devions au plus vite quitter Venise pour Paris, que notre avenir était là-bas et non ici ? Tandis qu'elle souriait à la blonde lumière du soleil sur les murs des maisons, papa ne lâchait pas sa montre du regard. Il ne voyait rien, il comptait les secondes. Impavide, le gondolier trempait son unique aviron dans les flots glauques avec un geste régulier et seigneurial. La gondole était si chargée de valises, de paquets et de balluchons qu'elle enfonçait dans l'eau jusqu'au bord : un geste maladroit et nous aurions chaviré ! Exaspéré par l'indolence du batelier, papa, rassemblant ses connaissances d'italien, manifestait à présent sa mauvaise humeur :

— *Rapido ! Presto !*

En même temps, il tapotait du doigt le verre de sa montre-bracelet pour signifier à notre nautonier fatidique qu'il fallait accélérer le mouvement. Mais l'homme, plus accoutumé sans doute à bercer mollement les méditations amoureuses des touristes, n'imaginait pas qu'on pût lui intimer l'ordre sacrilège de se hâter. Dressé à l'arrière de sa nacelle noire et finement profilée, un bonnet de laine rouge sur la tête et une chanson mélancolique aux lèvres, il paraissait subjugué, lui aussi, par la cité dont il nous faisait les honneurs. Comme papa s'agitait et pestait de plus belle, il crut qu'on lui demandait un supplément d'information et se mit à dévider, dans un sabir mi-italien mi-français, l'historique des édifices qui s'élevaient sur les deux rives. Maman, les yeux écarquillés, s'enivrait de couleur locale. Mlle Boileau poussait de temps à autre une exclamation de plaisir : « C'est tellement exceptionnel qu'on se croirait dans un décor de théâtre ! » Grand-mère priait en tournant entre ses doigts les

grains d'un chapelet et papa, vaincu par l'adver-
sité, rongeait son frein en silence. Ce fut en arrivant à la hauteur de l'église San Geremia que
l'échec de l'entreprise devint flagrant.

— Ça y est ! dit papa. Nous avons manqué le
train !

Maman baissa le front, accablée par le poids
de sa responsabilité, et murmura, avec une voix
de fillette :

— Pardon, Aslan[1] ! C'est de ma faute ! Si
j'avais su...

La seconde gondole, qui avait réglé son allure
sur la nôtre, accosta derrière nous au débarca-
dère de la gare du chemin de fer de Santa Lucia.
Sans doute ne nous restait-il plus maintenant
qu'à faire demi-tour et à regagner piteusement
l'hôtel. Papa avait l'air si désespéré que personne n'osait ouvrir la bouche pour le consoler
du désastre. Cependant, maman lui conseilla
d'aller se renseigner, pour plus de sûreté, au
guichet. Il s'y rendit en traînant les pieds. Trois
minutes plus tard, il revenait transfiguré : par
chance, à cette époque, les trains étaient rare-
ment à l'heure en Italie. Le nôtre n'était même
pas tout à fait formé. Nous avions juste le temps
de l'attraper en courant. Nous coltinâmes les
bagages et nous ruâmes, encadrant grand-mère
qui gémissait et boitillait, vers le quai où le
convoi attendait encore sa locomotive. Lorsque
toute notre famille se fut affalée sur les sièges
du compartiment, j'eus l'impression que nous

---

1. Prénom circassien de mon père, qui était originaire
d'Armavir, dans le Caucase septentrional.

venions d'échapper, par miracle, à la dernière attaque des bolcheviks. Reprenant sa respiration, maman dit, avec un rien de reproche dans la voix :

— Comme toujours, Aslan, tu as eu tort de t'inquiéter : à cause de ton impatience, tu n'as même pas vu Venise !

— Si, je l'ai vue ! protesta papa. Et mieux que vous tous peut-être !... Seulement, je suis quelqu'un d'exact, de ponctuel...

— Tu aurais intérêt à l'oublier quelquefois ! observa maman avec un léger sourire.

Mais elle n'insista pas. Elle avait le triomphe modeste. Quand le train s'ébranla, elle se signa lentement, gravement. Tout le monde l'imita, hormis grand-mère qui, recrue de fatigue, s'était assoupie.

Au bout d'un moment, maman dit, comme se parlant à elle-même :

— Il faudra que nous revenions à Venise !

— Je te le promets, Lydia ! répliqua mon père en baissant la tête.

Tout à coup, il ressemblait moins à un chef de famille raisonnable qu'à un élève pris en faute. J'admirai ce renversement de situation entre les deux puissances tutélaires qui veillaient sur mes jours, l'une par la douceur et le primesaut, l'autre par l'autorité et l'expérience.

II

LE REVENANT

C'est en jouant avec les autres enfants émigrés sur le pont du paquebot *Aphon*, qui nous transportait de Novorossiisk aux rives du Bosphore, que je m'étais lié d'amitié avec Nikita Voïevodoff. Mais, une fois débarquées à Constantinople, nos deux familles s'étaient séparées, chacune poursuivant son propre itinéraire et sa propre aventure. En arrivant en France, après le bref intermède vénitien, j'ignorais tout de la destination choisie par les Voïevodoff. J'avoue, du reste, que mon dépaysement avait été si brusque et mon acclimatation à Paris si passionnante que je ne me souciais guère du sort de mon camarade après l'exode. Mes premiers contacts avec un lycée français, des garçons français, des livres français m'avaient tourné la tête au point qu'il m'importait peu de savoir si Nikita vivait en Italie, en Allemagne, en Tchécoslovaquie ou en Chine. Ce n'est que trois ans après l'installation de notre groupe itinérant dans un hôtel meublé d'Auteuil, puis dans un modeste appartement de l'avenue Sainte-Foy à Neuilly-sur-Seine que j'eus incidemment de ses nouvelles.

Un soir, au cours du dîner qui nous réunissait quotidiennement tous les sept autour de la table, papa nous apprit que les Voïevodoff, étant passés par Marseille et par Lyon, venaient de se fixer à Paris. S'il avait hésité à nous en parler plus tôt, c'était, disait-il, pour ne pas verser dans la médisance. Mais, aujourd'hui, il était sûr de son fait : en quelques années, Georges Voïevodoff, le père de Nikita, s'était débrouillé pour amasser un superbe magot. Alors que, parmi les émigrés russes, les anciens princes étaient chauffeurs de taxi ou ouvriers chez Renault et leurs honorables épouses dames de vestiaire dans des cabarets ou couturières en chambre, le gaillard avait si bien manœuvré que ses compatriotes malchanceux le considéraient avec un mélange de mépris et d'envie. Lui qui, à Moscou, était le simple fondé de pouvoir d'une banque avait su faire fortune en France, sous prétexte de défendre les intérêts de ses commettants coincés en Russie. Cette réussite à la limite de l'escroquerie indignait papa. D'habitude très réservé dans son jugement sur les autres réfugiés, il ne se gênait pas pour traiter devant nous Georges Voïevodoff de « faux jeton » et de « requin ». A chacun de ces qualificatifs dégradants, maman sursautait, choquée, car elle n'aimait pas qu'on déballât devant les enfants « le linge sale des grandes personnes ». Au vrai, les accusations lancées par papa ne me touchaient nullement. De ses propos injurieux je ne retenais qu'une chose : Nikita était à Paris ; j'allais peut-être le revoir après une cruelle séparation ! Je me demandais comment j'avais pu me passer de lui si longtemps. Tandis que j'imaginais déjà nos prochaines retrouvailles, maman, Mlle Hortense Boileau, mon frère et ma sœur semblaient très intéressés par la révélation des louches combines de Georges Voïevodoff.

Par égard pour ma gouvernante, la conversation avait lieu en français, avec, de temps à autre, une intervention en russe de la part de mes parents. Fidèle à sa mission, Mlle Boileau les reprenait parfois pour une faute de syntaxe ou de vocabulaire. Elle habitait sous notre toit en attendant d'avoir trouvé une place d'institutrice dans une famille assez aisée pour lui assurer des mensualités régulières, chose qui était maintenant au-dessus de nos moyens. En échange du vivre et du couvert, elle me dispensait, de loin en loin, des leçons d'orthographe et de calcul, dont je n'avais nul besoin car, depuis notre arrivée à Neuilly, je suivais sans effort les cours du lycée Pasteur. Pendant qu'elle s'appliquait à corriger l'accent russe et les tournures incorrectes de mes parents, mon frère s'amusait à exciter le ressentiment de papa contre « ce filou de Voïevodoff ». Jugeant qu'Alexandre passait la mesure, Olga lui fit observer que les Voïevodoff n'étaient peut-être « pas si mauvais que ça », puisque, selon des informations dignes de foi, ils avaient subventionné l'année dernière, à Marseille, un spectacle de ballet au profit des « émigrés nécessiteux ». Sceptique, Alexandre avait rétorqué que ce genre de bienfaisance avait bon dos et que les sous récoltés, au lieu d'aller aux « émigrés nécessiteux », étaient restés dans la poche des « généreux organisateurs ». A ces mots, le regard d'Olga étincela d'une fière vindicte.

— N'empêche que, ce soir-là, s'écria-t-elle, Anna Dalmatova a remporté un tel succès dans

Casse-Noisette qu'elle a été immédiatement engagée pour une tournée aux Etats-Unis !

Pour toute réponse, Alexandre se tapota le menton avec deux doigts. Devant les sempiternelles taquineries de mon frère, Olga affichait généralement le dédain d'une professionnelle contredite par un profane. Elle était très chatouilleuse sur les questions de carrière au royaume des pointes et des entrechats. Après avoir suivi des cours de danse classique à Moscou, jusqu'à l'âge de quinze ans, puis, à partir de dix-sept ans, chez Anna Dalmatova à Paris, elle avait été engagée, voici trois mois, dans une petite troupe qui se produisait, pendant les entractes, sur la scène d'un grand cinéma des Boulevards, l'Athena Palace. Reléguée parmi les demoiselles du corps de ballet, elle souffrait d'être ainsi limitée dans son essor chorégraphique. Mes parents, qui l'avaient applaudie dans plusieurs spectacles de la compagnie, déploraient eux aussi qu'elle fût si mal employée. Mais elle rapportait un peu d'argent à la maison, et cette contribution, même modique, aux dépenses du foyer justifiait qu'elle continuât dans une voie sans gloire.

Au vrai, notre pénurie ne s'était manifestée, à Paris, qu'après une période de confiance et de faste. A leur arrivée en France, mes parents étaient convaincus que leur exil serait de courte durée et que, dans les mois à venir, les armées de volontaires blancs, soutenus en coulisse par les Français et les Anglais, allaient anéantir les forces bolcheviques et rétablir l'ordre et la légalité en Russie. Dans la perspective de ce juste retour au pays natal, ils avaient allégrement vendu les quelques bijoux rapportés de l'exode dans les doublures de leurs vêtements et les talons de leurs chaussures. Tout heureux de l'aisance et de la paix retrouvées, ils jetaient l'argent par les fenêtres, sortaient presque chaque soir avec d'autres émigrés aussi prodigues qu'eux et rentraient tard ; parfois, dans mon sommeil, j'entendais leurs rires étouffés à travers la porte. Au matin, quand j'entrais dans leur chambre, je trouvais maman encore au lit, belle, paresseuse, souriante. Elle m'embrassait dans un nuage de parfum et me remettait toutes sortes d'accessoires de cotillon qui étaient comme le butin de ses nuits de folie. Je revois encore les poupées d'étoffe, les mirlitons, les chapeaux de papier gaufré, les serpentins, les masques de dentelle qui traînaient alors à son chevet. Je l'imaginais buvant du champagne, lançant des confettis dans la foule, dansant avec papa au son d'une musique langoureuse. Mais, très vite, leur espoir d'un bouleversement politique en Russie s'était dissipé sous les coups du doute, de la nostalgie et de la gêne. Dans un sursaut de foi patriotique en « l'ange gardien des émigrés », comme disait maman, mon père avait placé le peu d'argent qui lui restait après la liquidation de notre « trésor de guerre » dans une entreprise cinématographique dirigée par des compatriotes. Ce pécule de la dernière chance avait été englouti dans l'échec d'un film muet financé par la société moribonde. Cela s'appelait *Pour un sourire de femme*. Je n'avais pas assisté à la projection de cette œuvre, dont le sujet, jugeaient mes parents, n'était pas de mon âge. Je m'en étais consolé en feuilletant l'album des photographies prises pendant le tournage, en studio. Papa, lui, ne s'était jamais relevé de ce fiasco, qui, selon maman, nous avait « mis sur la paille ». Elle le lui reprochait parfois, avec une cruauté inconsciente. Ce soir encore, excitée par la controverse autour de Georges Voïevodoff, elle lança, comme par mégarde :

— Est-ce que Voïevodoff n'a pas placé, lui aussi, des capitaux dans *Pour un sourire de femme* ?

— Non, répliqua mon père d'un ton sec. On l'a sollicité, quand il était encore à Marseille, mais il a refusé.

— Comme d'habitude, il a été plus malin que tout le monde ! soupira maman. Il est normal que des gens comme lui réussissent là où les autres perdent leur chemise !

Piqué au vif, mon père riposta qu'il s'en était fallu de peu pour que ce *Sourire de femme* remportât un triomphe. S'il avait pu avoir Ivan Mosjoukine et Eve Francis comme vedettes, il aurait, dit-il, subjugué les foules. Alexandre et Olga, qui, eux, avaient été jugés « assez adultes » pour voir le film, confessèrent qu'il était « faiblard ». De son côté, Mlle Boileau estima que l'histoire était certes poignante, mais que les interprètes manquaient de conviction dans les scènes « ollé-ollé ». Je me demandais, à part moi, quelle compétence cette vieille fille hommasse, obèse et à la voix aigre pouvait avoir en matière d'émotions amoureuses. Ce doute ne semblait pas effleurer maman, car elle approuva l'opinion de la gouvernante.

Excédé par les discutailleries autour d'une mésaventure blessante pour sa réputation d'homme d'affaires, papa coupa court en disant que cette incursion dans le maquis cinématographique lui avait servi de leçon et qu'on ne l'y reprendrait plus. Il n'y avait, selon lui, rien à gagner, pour les honnêtes gens, à s'aventurer parmi les jongleurs d'images et de mots. Mon frère, « le scientifique », tout fier de ses premiers pantalons de jeune homme, s'empressa de lui donner raison. A l'inverse de moi, il était plus attiré par les chiffres que par les lettres, par les équations algébriques que par les équations du cœur, par la réalité palpable, mesurable que par le vain papillotement des mirages. Ma sœur, en revanche, était plutôt de mon côté. Sans doute devinait-elle qu'entre la danse et le rêve la frontière est si imperceptible que chacun peut la déplacer à son gré. Quant à maman, elle oscillait, suivant les jours, entre les tentations du bon sens et celles de la fantaisie. Du reste, en cette minute, aucune des personnes présentes n'avait de consistance à mes yeux. Je les jugeais toutes aussi étrangères à mes problèmes que ma grand-mère, enfermée dans son mutisme et sa décrépitude. Du débat confus qui avait agité la tablée, une seule certitude surnageait : les Voïevodoff habitaient quelque part à Paris et j'allais bientôt revoir mon ami du bateau *Aphon*. Profitant d'une courte pause dans la conversation, je dis à voix haute, sur un ton provocateur :

— J'aimerais beaucoup rendre visite à Nikita !

— Est-ce bien nécessaire ? grommela papa. Les Voïevodoff ne sont pas une fréquentation pour des émigrés dans le besoin, comme nous !

Maman, plus indulgente, intervint avec douceur :

— Ne soyons pas trop sévères, Aslan ! Nous ne savons peut-être pas tout à leur sujet. Au fond, ce que tu leur reproches, c'est d'avoir été plus malins que nous !

— Poussée à un certain degré, la malignité confine à la malhonnêteté ! remarqua papa.

— Et l'honnêteté à la naïveté ! acheva maman avec une moue de tendresse grondeuse. D'ailleurs, Nikita, que j'ai observé sur le bateau, est un garçon bien élevé, gai et gentil...

— Son père aussi est bien élevé, gai et gentil. Mais, si tu grattes le vernis...

— Eh bien, ne le gratte pas, Aslan ! Contente-toi des apparences et tout ira mieux pour tout le monde ! Notre fils n'a que des amis français au lycée. C'est une bonne chose, mais ce n'est pas suffisant. Il ne me déplairait pas qu'il eût, au moins, un ami russe.

— Pour quoi faire ?

— Pour faire contrepoids, Aslan !

Papa défronça ses gros sourcils noirs, prit la main de maman sur la table, la porta à ses lèvres et murmura :

— Ah ! Lydia, Lydia, tu me ferais passer par un trou de souris, comme disent les Français !

Etait-il convaincu ? J'en doute. Mais il savait qu'en donnant raison à maman sur un point secondaire il serait mieux compris d'elle quand il refuserait de lui céder sur un point important. Ravi d'avoir obtenu gain de cause, je bondis de ma chaise et embrassai maman avec fougue. A demi étouffée, elle bredouilla :

— Tu es fou, Lioulik ! Arrête, tu vas me décoiffer !

Je me reculai, coupé dans mon élan par ce petit nom de Lioulik qu'elle m'infligeait depuis le berceau. Elle avait la manie des diminutifs d'affection. C'est ainsi qu'elle avait affublé, je ne sais pourquoi, mon frère Alexandre du surnom de Choura. Mais il avait bataillé ferme pour qu'elle lui restituât son véritable prénom. Aussi avait-elle fini par se soumettre et, une fois sur deux, c'était Alexandre qui remplaçait Choura dans sa conversation. J'étais résolu à suivre, sur ce point, l'exemple de mon aîné.

— Oh ! maman, dis-je, je ne veux plus que tu m'appelles Lioulik !

— Pourquoi ?

— C'était bon en Russie, quand j'étais un bébé ! Mais, à douze ans, c'est ridicule !

— Je ne trouve pas ! Tu préférerais que je t'appelle de ton vrai prénom ?

— Oui.

— Cela me semble bien froid, bien solennel ! D'ailleurs, il faut choisir : veux-tu être Léon, à la française, ou Lev, à la russe ? Les uns disent Léon Tolstoï, les autres Lev Tolstoï ; les deux se valent !

Elle riait en me regardant. Sans avoir encore jamais rien lu de Tolstoï, je savais, par mes parents, que c'était un des plus fameux écri-

vains russes. Cette confrontation avec un géant
de la plume, sous prétexte que nous portions le
même prénom, m'écrasa au lieu de me flatter.
Je me sentais soudain grotesque, comme si
maman m'avait coiffé d'un chapeau trop grand
pour mon crâne. Ce couvre-chef magistral me
descendait jusqu'aux oreilles. On allait se
moquer de moi, en France. A cause de Tolstoï,
le diminutif de Lioulik me parut soudain mieux
adapté à mon cas.

— Non, dis-je, on verra plus tard... Pour l'instant, continue à m'appeler Lioulik, puisque tu
en as l'habitude. Mais que cela reste entre
nous !

Puis, rompant les chiens, je posai la question
de confiance :

— Quand pourrai-je aller chez les Voïevodoff ?

— Il faut le leur demander, répondit maman.
Je vais écrire à Mme Voïevodoff. Je crois qu'ils
habitent quelque part du côté de Passy...

— J'ai leur adresse exacte, dit papa. Et c'est
moi qui écrirai à cette canaille de Georges Voïevodoff. Comme ça, il ne pourra pas refuser !

— Tu as raison ! reconnut maman. Ce sera
encore mieux ! Mlle Boileau accompagnera
Lioulik pour cette première visite...

— Non ! m'écriai-je. Je veux y aller seul !

— Ce n'est pas la porte à côté, Lioulik ! Je
crains que tu ne saches pas te débrouiller dans
le métro...

— Je l'ai déjà pris plusieurs fois, maman.
C'est très facile ! Mais toi, dès qu'on sort de
Neuilly, tu as peur ! Fais-moi confiance !

Maman hésitait. Papa trancha :

— C'est entendu, tu iras seul. A ton âge, tu dois pouvoir t'orienter dans le métro et dans la rue comme dans la vie. Qui sait ce que l'avenir nous réserve, à nous, les émigrés ? En Russie, les alouettes nous tombaient toutes rôties dans le bec. Ici, il faut se battre à chaque pas, éviter les crocs-en-jambe... Si tu peux apprendre ça chez ces fripouilles de Voïevodoff, ce sera déjà bien !

Pendant qu'il discourait ainsi, Mlle Boileau l'approuvait par de vigoureux hochements de tête. Elle avait toujours prôné une éducation spartiate. La discipline, le sens des responsabilités, les règles grammaticales et les ablutions à l'eau froide étaient à son avis les meilleurs garants du succès pour un garçon normalement constitué. Elle s'en était donné à cœur joie avec moi, durant ma petite enfance, en Russie. Je ne pouvais lui pardonner ni sa sévérité systématique, ni son visage mafflu et couperosé, ni son buste rebondi comme la panse d'un samovar. Dans ma mémoire, Hortense Boileau demeure la réincarnation de Nicolas Boileau. Sans doute est-ce par la faute de cette homonymie que l'auteur de *L'Art poétique* et des *Epîtres* m'a été si longtemps antipathique ! Obsédé par le souvenir de ma gouvernante, je l'ai considéré comme un cuistre abusant de son autorité pour étouffer toute fantaisie chez les écrivains de sa génération.

Réfléchissant au grand événement de la soirée, je m'aperçus soudain que, dans le plaisir que je me promettais de ma prochaine rencontre avec Nikita, entrait, pour une large part, l'idée que Mlle Hortense Boileau en serait exclue. Cette circonstance amena un sourire béat sur mes lèvres.

— Qu'est-ce qui te fait rigoler ? demanda Choura. La pensée de revoir ton copain ou celle de prendre le métro tout seul ?

— Les deux, dis-je.

— Et si je te proposais de t'accompagner, moi, dans le métro, tu accepterais ?

— Non ! répliquai-je abruptement.

Il pouffa de rire :

— C'est bien ce que je pensais ! Prendre le métro, pour toi, c'est un exploit ! Tu es vraiment trop cloche !

Il goûtait un malin plaisir à me tarabuster. Mais je ne lui en gardais pas rancune. Ayant quatre ans et demi de plus que moi, il avait le droit, et presque le devoir, de me taquiner pour « m'apprendre à vivre ». Nous fréquentions tous deux le lycée Pasteur. Seulement, lui, il était chez « les grands ». L'année prochaine, il entrerait en première. Après avoir passé son bac, il ferait « math élem » et, plus tard encore, sans doute, « sup' élec », le sommet ! Olga, elle aussi, avait sa voie toute tracée. Pas question d'études en ce qui la concernait, puisqu'elle les avait achevées dans un « gymnase » en Russie. A vingt ans, elle avait tout loisir de se livrer à sa passion : la danse. J'enviais mon frère et ma sœur de connaître, dès à présent, les étapes de leur carrière, alors que je ne savais même pas sur quel palier s'arrêterait ma démarche hésitante. Certes, j'aimais bouquiner, j'aspirais

vaguement à imiter les auteurs français ou
russes dont les livres passaient entre mes
mains. Mais serais-je un jour un type dans leur
genre, un pondeur d'histoires, un marchand de
rêves ? A douze ans et demi, le temps s'écoulait
pour moi avec la lenteur d'une maturation
végétale. Afin d'accepter le supplice de cette
attente des « vrais débuts », je songeai tout
ensemble à Nikita, au métro et à mes dernières
notes en composition françaisse.

La suite du repas se déroula sans anicroches.
Penché sur mon assiette, il me sembla même
que les plus humbles nourritures avaient pris
une saveur de fête. Tout me souriait, parce que
j'allais revoir Nikita. Je redemandai du bœuf
bouilli aux carottes.

III

L'INSAISISSABLE NIKITA

Etait-ce bien lui ? Je cherchais du regard *mon*
Nikita, celui du bateau de l'exode, derrière le
garçon inconnu qui m'ouvrait les bras, en riant,
au seuil de sa chambre. Il avait beaucoup grandi
en trois ans, son visage s'était allongé, modelé,
un imperceptible duvet ombrait sa lèvre supérieure, sa voix, déformée par la mue, déraillait
un peu et, détail non négligeable, il portait des
culottes de golf descendant à mi-mollet, alors

que, par la volonté de maman, j'étais encore condamné aux culottes courtes. Une servante en tablier blanc et petit bonnet m'avait reçu en bas, dans le vestibule, et m'avait conduit cérémonieusement jusqu'à la porte de « monsieur Nikita », au troisième étage du pavillon. Dès qu'elle se fut éclipsée, il me fit asseoir à côté de lui, devant une table chargée de livres et de paperasses comme le bureau d'un maître d'école, et nous nous lançâmes avec fougue, en nous coupant la parole, dans le récit de nos aventures respectives. J'appris ainsi qu'il avait débarqué avec ses parents à Marseille, qu'il y avait commencé ses études et qu'il les avait continuées à Lyon, avant de se fixer définitivement à Paris où il suivait les cours du lycée Janson-de-Sailly. Il était en quatrième. Plus jeune que lui de deux ans, il était normal que je ne fusse, moi, qu'en sixième. Néanmoins, je me demandais si la supériorité de Nikita dans la hiérarchie scolaire ne serait pas un obstacle à notre amitié.

Pour remonter dans son estime, je l'assurai que le lycée Pasteur, à Neuilly, dont j'étais élève depuis notre arrivée en France, était célèbre pour la souplesse de sa discipline et la modernité de son enseignement. Il voulut bien me croire. Nous nous jetâmes à la tête des anecdotes sur nos profs, sur nos copains et sur nos chahuts. Après quoi, ayant fait l'inventaire de nos préoccupations quotidiennes, nous ne trouvâmes plus rien à nous dire. Je songeai que, sur le bateau, nous nous amusions follement avec les autres enfants émigrés en jouant à la guerre

civile. Divisés en deux camps par tirage au sort
— d'un côté les monarchistes, de l'autre les bolcheviks —, les gamins couraient en tous sens
sur le pont, imitaient le bruit des mitrailleuses,
échangeaient des injures et des horions, chan-
taient des hymnes vengeurs et se bombardaient
à coups de boulettes de papier. Mais nous
avions passé l'âge de ces plaisanteries garçon-
nières. Même les soldats de plomb ne nous ten-
taient plus. Je constatai avec dépit que je
m'ennuyais avec Nikita. J'avais fondé un si
grand espoir sur nos retrouvailles que je lui en
voulais presque d'être trop content de lui, trop
bien habillé et trop heureux de son sort. J'aurais
aimé qu'il me surprît par autre chose que par
le luxe de sa maison de la rue Spontini et le
nombre de ses livres. Je ne sais à quelle occasion il m'annonça fièrement qu'il avait été
deuxième en composition française. Moi aussi,
j'avais eu une bonne place en français, le mois
précédent. Mais je ne m'en vantai pas. Tout à
coup, je me rappelai que, sur le bateau, pendant
nos bagarres pour rire, nous parlions russe.
Pourquoi ne le faisions-nous plus ici ? Il reconnut que ma remarque était pertinente. Comme
chez nous, chez les Voïevodoff on usait indiffé-
remment des deux langues. Mais Nikita
m'avoua que, lorsqu'il avait quelque chose
d'important à exprimer, c'étaient des mots français qui lui venaient naturellement aux lèvres.
Je lui dis qu'il en allait de même pour moi.

— C'est fatal, reconnut-il. Quand on est dans
un pays, il vous emplit forcément la tête avec
son vocabulaire, avec ses bouquins, avec ses

paysages... C'est tout ça qu'on avale avec l'air qu'on respire. Même mes parents, qui comme les tiens sans doute s'accrochent à la Russie, je les vois qui se laissent grignoter chaque jour un peu plus par la France...

Cette réflexion nous laissa rêveurs. De minute en minute, mon impression de vacuité et de ratage se renforçait. Ce qui aurait dû être un festival tournait à la corvée. Je décidai qu'on ne me reverrait pas souvent rue Spontini. Le silence était retombé entre nous lorsque la même servante qui m'avait accueilli dans l'entrée vint nous chercher pour le déjeuner.

Les parents de Nikita nous attendaient au salon. Je les avais croisés, entre deux galopades guerrières, sur le pont du paquebot, mais mon souvenir était si confus qu'il me sembla les voir pour la première fois. Georges Voïevodoff, dont mon père se plaisait à dénoncer les louches pratiques, était un petit homme ventripotent et jovial, au crâne chauve comme un œuf et à l'œil malicieux. Selon moi, rien ne permettait de déceler, dans ce personnage tout en rondeurs, un dangereux aigrefin. Papa avait dû être mal renseigné. Quant à la mère de Nikita, Irène Pavlovna Voïevodoff, sa maigreur, sa pâleur et les tics qui secouaient les coins de sa bouche témoignaient d'une agitation maladive. Au lieu de me mettre à l'aise, cette nervosité accentuait en moi l'idée que je dérangeais les habitudes de la maison. Pourtant, quand on passa à table, Mme Voïevodoff fit un effort d'amabilité et m'interrogea sur ma famille. Pour n'être pas en reste, son mari voulut savoir, lui aussi, ce que

faisaient mes parents, si papa avait renouvelé
l'expérience cinématographique de *Pour un
sourire de femme*, s'il avait d'autres projets, s'il
était satisfait des premiers résultats de son
séjour en France. Ces questions m'embarras-
saient beaucoup. Ma fierté m'interdisait
d'avouer que, après une brève flambée de bonheur et de magnificence, nous vivions chi-
chement, « à la petite semaine », que papa
se contentait de besognes occasionnelles,
d'emprunts furtifs et de la vente de nos derniers
bijoux. Sans doute Georges Voïevodoff devina-
t-il la vérité derrière mes dérobades bégayantes
car soudain, profitant de la présence à son côté
d'un vieux monsieur russe en qui je subodorais
un intime du petit clan de la rue Spontini, il
changea de conversation et parla politique.
Maniant lestement la fourchette et le couteau,
il évoqua le danger d'expansion du commu-
nisme russe, l'ambiguïté de l'attitude des Français devant le pouvoir soviétique, l'absurde divi-
sion des esprits, parmi les réfugiés, entre
monarchistes et libéraux. J'aurais pu me croire
à la maison, tant ce discours ressemblait à ceux
que tenait mon père. Cette pensée me détendit
et, le cœur en repos, je savourai mieux la qualité du repas.

Tout ce que je mangeais ici me paraissait
meilleur que chez nous. Mme Voïevodoff ayant
indiqué, en passant, qu'elle employait depuis
deux ans une cuisinière française qu'elle avait
ramenée de Marseille, je considérai avec plus
de respect encore le contenu des plats. J'avais
remarqué qu'à côté de chaque assiette étaient

placés un porte-couteau en argent et un rince-
doigts. Les porte-couteau représentaient tous
de petits lévriers dont l'échine, exagérément
allongée, servait de chevalet miniature aux cou-
verts. Dans l'eau des rince-doigts, trempait un
pétale de rose. La nappe avait la blancheur des
neiges éternelles et un énorme bouquet de lilas
ornait le centre de la table. La soubrette glissait
silencieusement dans la pièce, se penchait sur
les convives, changeait les assiettes, se redres-
sait, repartait derrière notre dos, comme si elle
eût hésité à choisir celui d'entre nous qu'elle
allait embrasser. J'étais à la fois ébloui et indis-
posé par tant d'apparat. Cela me rappelait nos
repas de Moscou, mais c'était si loin et j'étais si
petit alors ! A quoi bon faire revivre ces usages
par une comédie anachronique ? J'avais hâte de
retrouver la simplicité et l'indigence de chez
nous. Je plaignais vaguement Nikita de ne pas
déjeuner et dîner chaque jour, comme moi, sur
une nappe de toile cirée à carreaux.

Mme Voïevodoff avait un petit chien qui ressemblait à un plumeau et mendiait à table, avec
de faibles jappements, pour attirer l'attention
de sa maîtresse. Elle l'appelait Doussik et le
gavait de bouts de viande pour le plaisir de le
voir frétiller de la queue en mangeant. Je me
rappelai la réflexion de maman disant qu'en
France tout était à l'image du pays : minuscule
et mignon, alors qu'en Russie, terre de la déme-
sure, les bêtes et les gens avaient des tailles
imposantes. Notre chien, Bari, que nous avions
laissé à Moscou lorsqu'il avait fallu fuir la Russie, était un énorme saint-bernard au poil roux

et blanc, à la truffe flaireuse et au regard tendre.
Bari couchait dehors, dans une niche, et s'en
trouvait bien. L'entrée de la maison lui était
sévèrement interdite. Mlle Boileau le respectait
à cause de son ascendance qui, disait-elle, ne
pouvait être qu'helvétique. Mon frère, ma sœur
et moi aimions la lourde gaieté de Bari, ses
cabrioles maladroites, ses coups de langue
affectueux quand il nous renversait, par jeu,
dans la neige. Chaque jour, nous nous évadions
de notre chambre pour le rejoindre. Toutefois,
dès le début des combats de rues, à Moscou,
nos parents nous interdirent d'aller nous amuser dans la cour.

Notre demeure s'était transformée en forte-
resse. Deux gardiens tcherkesses en armes
veillaient, à tour de rôle, jour et nuit, derrière
le portail. Des amis de la famille, dont le quartier était encore plus menacé que le nôtre,
s'étaient réfugiés chez nous et dormaient sur
des lits de camp, dans les couloirs. Confinés à
la maison, mon frère et moi devions nous
contenter de soulever, de temps à autre, les
matelas qu'on avait fixés sur les fenêtres pour
les protéger des balles. A l'insu de Mlle Boileau, nous jetions un regard à l'extérieur et
échangions nos impressions d'une voix assour-
die. Là-bas, des silhouettes en uniforme avançaient en rasant les murs, avec, disait mon
frère, « des ruses de Sioux ». Mais, par extraordinaire, ces « Sioux » n'étaient pas des
« rouges ». C'étaient même, contre toute
logique, des « blancs », défenseurs héroïques de
l'ordre, reconnaissables au brassard qu'ils por-

taient sur la manche. Ils étaient très jeunes et
avaient tous un fusil ou un pistolet à la main.
Sur le coup de midi, notre cuisinier leur passait
un bout de pain et du lard par le soupirail du
rez-de-chaussée. Derrière le coin de la rue, il y
avait les bolcheviks, les rouges responsables,
selon papa, de tous les maux de la Russie. Un
vrai chrétien devait prier pour l'extermination
des rouges par les blancs. Tout à coup, la
fusillade éclatait. Notre gouvernante se précipi-
tait sur nous et nous entraînait loin de la
fenêtre. L'oreille aux aguets, nous tâchions
d'imaginer les péripéties de l'escarmouche.
Mon frère prétendait distinguer la nature des
détonations aussi sûrement qu'un soldat de
métier : « Ça, c'est un fusil ; ça, c'est une
mitrailleuse ; ça, c'est le canon, mais il doit être
installé dans les faubourgs, nous sommes hors
de sa portée... » J'avais très peur et essayais de
me rassurer en songeant qu'il s'agissait d'un jeu
entre adultes et que ce tohu-bohu ne nous
concernait pas puisque, par chance, nous
étions encore des enfants. Brusquement, le
vacarme de la ville s'apaisait. Dans le silence
revenu, un des gardiens tcherkesses nous
apportait des balles de shrapnell dans le creux
de sa main. « Prends-les, disait-il d'un air enga-
geant à Choura. Elles sont encore tièdes. Je les
ai ramassées devant la maison ! » « Est-ce
qu'elles ont tué quelqu'un ? » demandais-je.
« Peut-être bien ! » répondait mon frère, évasif.
J'insistais : « Qui ont-elles tué ? Des rouges ou
des blancs ? » « Qu'est-ce que ça peut te fiche ?
grognait Choura. De toute façon, tu ne sais pas

faire la différence ! » Le Tcherkesse, hilare, hochait la tête : « C'est vrai ! reconnaissait-il. Avec cette saleté, on ne sait jamais qui est visé, qui est atteint... Ça tape au petit bonheur... C'est Allah qui décide !... »

Il était musulman, comme la plupart de ses congénères. Avant la révolution, Choura s'amusait à le faire enrager en lui présentant un pan de son manteau plié en oreille de cochon, ce qui, paraît-il, est une injure grave pour les croyants islamistes. Mais maintenant, d'aussi basses taquineries n'étaient plus de mise. La menace bolchevique nous incitait tous à la sagesse. Mon frère partageait avec moi les balles de shrapnell, devenues inoffensives comme les billes d'un jeu enfantin, et nous remerciions avec cœur le gardien pour son cadeau.

Peu après, les grandes personnes furent saisies de panique. Il n'était question, entre elles, que de passeports, de laissez-passer et d'horaires de trains. Les domestiques, que j'avais toujours connus discrets, dociles et courtois, désertèrent un à un leurs postes, après avoir exigé un supplément de gages, emporté quelques babioles et dit des insolences à maman. On chuchotait que les élèves officiers, les « junkers », qui défendaient la ville avaient été débordés, désarmés et que les bolcheviks s'étaient rendus maîtres de Moscou. Papa décida que nous devions tout abandonner et fuir pour échapper à un inévitable règlement de comptes. Dans ces conditions, on ne pouvait songer à emmener Bari en voyage. Ma sœur,

mon frère et moi eûmes beau implorer nos
parents, ils se montrèrent inflexibles. Après
s'être longuement concertés, ils se résignèrent
à rendre notre cher saint-bernard à l'éleveur qui
nous l'avait vendu quelques années auparavant.

Au cours de notre dernier repas dans la salle
à manger familiale, alors que, silencieux, acca-
blés, nous disions adieu, en pensée, à ces murs
qui naguère avaient abrité notre félicité de nan-
tis, la porte s'ouvrit et Bari apparut sur le seuil,
tel un reproche vivant. Lui qui ne pénétrait
jamais dans la maison avait senti que, ce jour-
là, il pouvait tout se permettre. Bravant la
consigne, il venait nous saluer une dernière
fois, à sa manière. Il savait qu'il ne nous reverrait plus. Et il en était aussi triste que nous.
Contre toute convenance, ma sœur, mon frère
et moi nous précipitâmes sur lui et le couvrîmes
de larmes et de baisers. Il nous remercia par de
grosses lécheries et des aboiements plaintifs.
Mon père nous sépara avec douceur et renvoya
Bari dans sa niche. L'animal ne fit aucune difficulté pour lui obéir. En regardant le petit chien
parisien de Mme Voïevodoff, qui se trémoussait
pour avoir un supplément de gâteries, je
songeai, la gorge serrée, au pesant et dévoué
saint-bernard de Moscou. Mais comment
aurions-nous pu le loger dans notre modeste
appartement de Neuilly ? Maman avait raison :
il fallait se restreindre sur tout quand on avait
choisi de vivre à la française.

Perdu dans mes pensées, je m'avisai soudain
que la mère de Nikita avait chassé Doussik,
enfin rassasié, et discourait, depuis un moment,

en me dévisageant avec une fixité anormale. Pris en défaut d'attention, je revins sur terre, parmi les hôtes opulents dont j'aurais dû envier la chance. Mme Voïevodoff parlait d'un récit qu'elle était en train d'écrire en russe pour se distraire. Cela s'appelait : *Les Larmes de la princesse Hélène*. Et, à l'entendre, ce n'était pas son coup d'essai. Elle avait déjà terminé quatre ou cinq livres, mais, disait-elle, aucun n'avait été publié, parce que les éditeurs et les journaux de l'émigration faisaient un « scandaleux barrage » contre sa littérature. Plus probablement, ils manquaient d'argent et ne consentaient à imprimer que des auteurs connus, des « valeurs sûres », selon son expression. Victime d'une cabale, Mme Voïevodoff affirmait pourtant n'en être nullement affectée.

— Mon plaisir, dit-elle, c'est de raconter des histoires, la plume à la main. Plus elles sont folles, plus elles me charment. Peu m'importe que mes manuscrits finissent dans un tiroir. L'essentiel est que j'aie pu y intéresser quelques êtres qui me sont chers !

En prononçant ces mots, elle glissa un regard significatif à son mari et à son fils. Tous deux l'approuvèrent. Georges Voïevodoff suggéra :

— Tu devrais lire aux enfants le début des *Larmes de la princesse Hélène*...

— Je n'en ai encore écrit qu'une trentaine de pages ! protesta-t-elle. Et Nikita les connaît !

— Lui, oui, mais pas son ami !

Je rougis jusqu'aux oreilles. Mme Voïevodoff me considérait avec une sorte de convoitise. Auditeur potentiel, j'entrais brusquement dans ses bonnes grâces. Ses joues se colorèrent un peu. Ses yeux ternes s'allumèrent d'un appétit de communication. Elle s'adressa à moi avec une soudaine familiarité :

— Vous savez, Lioulik (elle m'appelait, elle aussi, Lioulik, ce qui me parut déplacé !), il s'agit d'une histoire très sentimentale, très romantique, pas du tout à la mode !... Mais ça m'est complètement égal ! Je laisse courir ma plume... Nikita, lui, a bien aimé... D'ailleurs, c'est très court... En une demi-heure, nous en aurons fini !

J'étais flatté qu'elle recherchât mon opinion, alors qu'elle avait déjà celles de son mari et de son fils. En se préparant à cette lecture, elle avait l'air de s'excuser par avance du service qu'elle me demandait. Peut-être était-il normal qu'un écrivain eût toujours peur d'ennuyer son public ? Ayant déjà lu quelques livres « pour la jeunesse » — des ouvrages de la Bibliothèque rose, des Jules Verne, des Maurice Leblanc, un ou deux Fenimore Cooper —, je n'avais pourtant jamais vu un auteur en chair et en os. J'ignorais tout de la façon dont se comportaient, dans la vie courante, ces personnages singuliers dont la profession consistait à inventer des calembredaines. Et voici que j'en avais un sous les yeux, assis de l'autre côté de la table et mordant avec délicatesse dans une tartelette aux fraises. Certes, aucun des récits de Mme Voïevodoff n'avait eu l'honneur d'être imprimé comme ceux des vrais écrivains, mais, tout de même, elle participait, à mon avis, au mystère qui entourait les vendeurs de mensonges. Grâce à elle, j'allais être initié aux premiers arcanes de la magie.

A peine avions-nous quitté la table que Georges Voïevodoff prit congé de nous en disant que, bien qu'on fût un dimanche, il avait un rendez-vous d'affaires au bureau. Je pensai tristement à papa qui, lui, n'avait plus ni bureau, ni rendez-vous d'affaires. L'auréole si enviable de la réussite financière s'était éteinte, pour lui, avec la faillite de ce satané *Sourire de femme*. Et cette femme, je ne la connaissais même pas. Je ne la connaîtrais jamais. Elle n'existait que dans le délire d'un cinéaste mal inspiré. N'y avait-il pas là de quoi défriser tous ceux qui prenaient le parti du rêve ?

Après avoir raccompagné son mari à la porte, Mme Voïevodoff nous emmena, Nikita et moi, dans le salon, nous fit asseoir en face d'elle et ouvrit sur un guéridon une liasse de feuillets écrits à la main. Pour commencer, elle nous avertit que son texte était un brouillon et qu'elle ne savait pas encore très bien où elle allait ! Puis elle se mit à nous lire, en russe, d'une voix monocorde, une histoire d'amour dont je retins seulement qu'il s'agissait des tourments d'un jeune homme riche et laid et d'une jeune fille belle et pauvre vivant en Russie, sous le règne de l'impératrice Catherine II, et dont le mariage était rendu impossible par les exigences de leurs parents respectifs. Toute rencontre leur étant interdite, les malheureux en étaient réduits à se voir de loin en loin, en cachette, au clair de lune, grâce à la complicité de la vieille nourrice de l'héroïne. Autant j'avais goûté naguère les aventures de Phileas Fogg ou d'Arsène Lupin, autant j'étais insensible aux déboires du couple russe imaginé par la mère de Nikita. Le débit lent et régulier de Mme Voïevodoff endormait mon attention. J'avais l'impression qu'elle me gavait de sucreries. Heureusement, elle se tut bientôt.

Par politesse, je l'assurai que le début de cette sombre intrigue m'avait beaucoup ému et, après m'avoir remercié, elle me répéta qu'elle ignorait si elle aurait la patience d'écrire la suite. Je fus sensible au fait que, oubliant mon âge, elle me parlait comme à un adulte :

— Vous comprenez, Lioulik, un auteur, c'est quelqu'un de très fragile. Il a besoin d'encouragements. Bien sûr, comme je vous l'ai expliqué, j'écris d'abord pour mon plaisir. Mais il n'empêche que c'est décevant, à la longue, de noircir du papier sans que personne ou presque n'en sache rien ! Je me demande parfois si je ne ferais pas mieux de délaisser le stylo pour le tricot !

Je protestai que ce serait bien dommage, qu'elle avait encore assurément « une foule d'idées » dans la tête. Nikita renchérit :

— Tu dis ça, maman, mais au fond tu sais que tu ne pourras pas t'en passer. C'est plus fort que toi. Il faut que ça sorte !

Elle parut rassérénée par notre optimisme. Ayant accompli ce devoir de charité, Nikita et moi la laissâmes en tête à tête avec son manuscrit. Après m'avoir ramené dans sa chambre, Nikita soupira :

— Pas fameux, hein, le truc de maman ?

— Je ne sais pas quoi dire, marmonnai-je. C'est un genre si différent de tous les bouquins que j'ai lus !...

— Ne tourne pas autour du pot ! Avoue que tu trouves ça tartignole !

— Non, non... Enfin...

— Mon frère et ma belle-sœur non plus ne sont pas emballés ! Seulement, ils n'osent pas le dire à maman. Après tout, pendant qu'elle pond, elle est heureuse. *Les Larmes de la princesse Hélène* lui font oublier les siennes. Et ça ne fait de tort à personne !

Je le regardai avec étonnement, et presque avec reproche :

— Tu ne m'avais pas dit que tu avais un frère !

— Ce n'est pas très important, répondit-il. D'ailleurs, il n'est pas mon vrai frère, mais mon demi-frère. Maman l'a eu il y a très longtemps, d'un autre mariage. Puis, quand son premier mari est mort, elle a épousé papa. Et voilà : le résultat de cette union tardive, tu l'as sous les yeux ! Admire !

Il se frappa la poitrine des deux poings, comme pour en éprouver la solidité.

— Quel âge a-t-il, ton demi-frère ? demandai-je.

— Vingt-huit ans. C'est un vieux ! Il s'appelle Anatole Souslavsky. Il a combattu comme volontaire dans l'armée blanche. Il nous a rejoints en France après la défaite des troupes de Wrangel. Et il a épousé une Française, Lili, une femme épatante ! Tu la connaîtras un de ces jours. Ils habitent à deux pas, au bout de la rue Spontini. Anatole est représentant en champagne. Il voyage la plupart du temps. Je m'entends bien avec lui : on rigole de tout et de rien !

Il s'arrêta net, fronça les sourcils et, changeant de ton, s'écria :

— Et nous deux, qu'est-ce qu'on va fiche maintenant ?

Abasourdi par la question, je ne sus que répondre. Ce qu'il venait de m'apprendre sur ce demi-frère marié et vendeur de champagne achevait de me désorienter. Je devinais qu'à présent aucun jeu, aucune dispute, aucune plaisanterie ne pourrait nous rassembler comme sur le bateau. Etait-ce notre différence d'âge, aggravée par une longue séparation, ou notre appartenance à deux lycées, à deux mondes dissemblables qui nous éloignait l'un de l'autre ? J'étais sur le point de conclure que toute amitié était morte entre nous lorsque Nikita, pointant un doigt dans ma direction, s'exclama :

— J'ai une idée ! Nous devrions prendre exemple sur ma mère : écrire un roman !

Estomaqué par son audace, je balbutiai :

— T'es fou ! Nous ne saurons jamais...

Mais il avait le diable aux tripes.

— J'ai vu faire maman, déclara-t-il. C'est pas sorcier ! Il suffit d'avoir une idée de départ. Après, ça coule tout seul ! Nous nous y mettrions à deux... Quelques pages de toi, quelques pages de moi... On se réunirait tous les dimanches... Tu viendrais ici, nous nous lirions ce que chacun aurait écrit dans son coin... On ajusterait les meilleurs passages, bout à bout...

— Et puis ?

— Et puis ?... Là, tu m'en demandes trop. On ferait un bouquin en collaboration. C'est courant ! On donnerait notre manuscrit à imprimer s'il était bon... Et, s'il était mauvais, on le foutrait dans un tiroir, comme maman... Mais on se serait bien marrés, entre-temps... Je t'assure que ça pourrait être chouette ! Aussi chouette, en tout cas, que de jouer à la guerre entre rouges et blancs, avec un tas de morveux, sur un rafiot en route pour Constantinople !

La soudaineté de la proposition me laissait pantois. Dressé devant moi, Nikita exultait. Des étincelles de joie s'allumaient dans ses yeux. De la tête aux pieds, il était une pile électrique.

— Alors, qu'en penses-tu ? insista-t-il.

Je restai muet. Plusieurs fois, au lycée, notre professeur de français, M. Etienne Korf, m'avait gratifié d'une note élogieuse pour un devoir. Mais mon effort, en l'occurrence, faisait partie du travail régulier des enfants dans une classe de sixième. Ici, il s'agirait d'une entreprise entièrement originale, extrascolaire. En obéissant à la suggestion de Nikita, je ne me comporterais plus en élève studieux, mais en franc-tireur de l'écriture. En avais-je le droit ? Bourrelé de réticences, je balbutiai pour gagner du temps :

— Et que pourrions-nous raconter ?

— N'importe quoi !

— Des épisodes de notre fuite de Russie, par exemple ?...

Nikita ouvrit les bras en croix dans un geste

d'interception, comme s'il avait voulu arrêter un cheval au galop :

— Surtout pas, mon vieux ! Ça ne plairait à personne !

— Crois-tu ? plaidai-je. Moi, j'aime bien quand papa et maman racontent ce qu'ils ont vécu en Russie avant d'arriver en France...

Le visage de Nikita se figea dans une expression sentencieuse :

— Un véritable écrivain ne raconte jamais des choses vraies, dit-il avec aplomb. Il invente. C'est son métier ! Regarde ma mère : tu crois qu'elle a vécu cette histoire d'amour entre un type trop laid et une fille trop belle ?...

— On ne sait jamais...

— Moi, je sais ! trancha Nikita. Si tu veux intéresser, il faut mentir !

Il paraissait si sûr de son fait que je finis par lui donner raison.

— Et avec tout ça, demandai-je, tu as un sujet ?

— Pas encore !

— Alors, on ne peut pas commencer !

— Si. Parce que j'ai le titre !

Il leva le menton, me fusilla d'un regard dominateur et prononça, en détachant chaque mot avec solennité :

— Ça s'appellera *Le Fils du satrape*.

Je tombai des nues :

— C'est quoi, un satrape ?

Nikita m'avoua qu'il l'avait su mais que cela lui était sorti de la tête. Le mot lui plaisait par sa consonance exotique. C'était le principal. Néanmoins, pour satisfaire ma curiosité, il

s'empara d'un dictionnaire dans sa bibliothèque — car il avait, lui, une bibliothèque personnelle —, l'ouvrit à la bonne page et lut la
définition :

— « Satrape : dignitaire qui, dans l'ancienne
Perse, exerçait une autorité despotique sur une
province. »

— Et alors ? dis-je. Qu'est-ce que ça nous
donne ?

— Ça nous donne l'essentiel, répliqua Nikita.
Le lieu de l'action et l'époque... Que te faut-il de
plus ? L'affaire se passerait en Perse, dans
l'ancien temps... Notre satrape serait un
homme riche, puissant et cruel, une brute ! Son
fils le haïrait et voudrait le tuer. Pour commencer, il tuerait l'âme damnée du satrape, son
confident, son conseiller... Ou alors, il pourrait
empoisonner son frère plus jeune... Ou son cou-
sin, ou sa mère...

Il s'échauffait en parlant. Son enthousiasme
était contagieux. Je prenais goût insensiblement à cette histoire abracadabrante. L'idée
qu'elle se déroulerait dans un pays et en un
siècle dont j'ignorais tout ne me troublait pas.
Il me semblait, au contraire, que moins je serais
au courant des circonstances historiques et
géographiques du drame, plus j'éprouverais de
joie à en imaginer les péripéties. Soudain, une
question préliminaire me stoppa dans mon
élan :

— Et nous l'écririons comment, cette histoire ? demandai-je. En français, comme nos
devoirs au lycée ? Ou en russe, comme ta
mère ?

— Tu saurais écrire un roman en russe ?
interrogea Nikita.

— Non, bien sûr !

— Et en français ?

— Plus facilement, peut-être...

— Alors, de quoi vas-tu t'inquiéter ? Regarde
maman. Elle a sué sang et eau pour écrire, coup
sur coup, cinq romans en russe. Et personne
n'en a voulu ! Les écrivains russes ont sans
doute eu des lecteurs autrefois, en Russie ; il
n'en ont presque plus aujourd'hui, en France.
Ma mère se console en disant que ce n'est pas
une question de talent mais de passeport. Dans
ces conditions, il n'y a pas à tournicoter. Notre
Fils du satrape sera français de la première à la
dernière ligne. Tu es d'accord ?

— D'accord ! dis-je avec le sentiment de
m'engager pour la vie.

— Dimanche prochain, tu me liras ton début
et je te lirai le mien. On retiendra les meilleurs
morceaux de l'un et de l'autre. On en fera un
cocktail. Je te préviens : mon premier chapitre,
à moi, sera sanglant. Il faut démarrer par
l'assassinat du conseiller, qui serait un faux
jeton, un salaud et un lâche. J'ai déjà des idées
là-dessus ! Et toi ?

— Pas encore !

— Dépêche-toi ! Sinon, je vais te coiffer au
poteau. Tu as toute la semaine pour réfléchir...

Je promis de me mettre au travail dès le lendemain. D'une façon inattendue, je me sentais
gai et léger, comme si je venais de recevoir un
cadeau. Au vrai, le fils du satrape m'avait fait
présent d'un trésor inestimable : un but dans la

vie. Mon frère était fasciné par les chiffres, ma
sœur par des figures de danse, mes parents par
leurs souvenirs de Russie ; moi, je le serais par
une passion tout aussi respectable : l'écriture.
Avant même d'avoir tracé une ligne de cette histoire rocambolesque, j'étais impatient d'en
fignoler les péripéties dans la solitude et
le silence. Malheureusement, je n'avais pas une
chambre à moi, comme Nikita. Je partageais
celle de Choura, pardon : d'Alexandre. Mais,
bah ! nous avions l'habitude de faire nos
devoirs côte à côte !

A quatre heures de l'après-midi, la soubrette
des Voïevodoff nous apporta deux tasses de
chocolat chaud avec des tartines de confiture.
Nous y touchâmes à peine. Requis par un rêve
insolite, nous étions assis face à face, un sourire béat aux lèvres, le regard perdu dans le
vide. Sans nous en rendre compte, nous avions
avalé en même temps la même drogue. Celle de
l'illusion créatrice. Au bout d'un moment,
Nikita s'ébroua et alla prélever une rame de
papier sur le stock de sa mère. Il revint les
mains chargées d'un paquet de feuilles
blanches.

— Ce sera notre réserve personnelle, dit-il.
Nous puiserons dedans au fur et à mesure de
nos besoins !

D'une plume grasse, il traça, au milieu d'une
page, le titre : *Le Fils du satrape.* Puis, en lettres
plus petites, il indiqua le nom des auteurs :
« Nikita Voïevodoff et Lioulik Tarassoff. »
Je notai, à part moi, qu'il s'était mis en premier dans l'énoncé des noms. C'était normal,

puisque l'idée du *Fils du satrape* était de lui. En revanche, un détail me gênait :

— Pas Lioulik ! dis-je. Je préfère Léon.

— Si tu veux ! concéda Nikita. C'est une broutille !

— Pour moi, ce n'en est pas une !

Il me tapota l'épaule d'un geste protecteur et rectifia le prénom. Nous bavardâmes, en attendant la tombée du crépuscule. *Le Fils du satrape* veillait sur nous. La main dans la main, nous jurâmes de le servir jusqu'à la dernière ligne du récit, jusqu'à la dernière goutte de sang de nos personnages. Rendez-vous fut pris pour le dimanche suivant.

— N'oublie pas d'apporter ce que tu auras écrit d'ici-là ! me dit Nikita en me raccompagnant dans le vestibule.

La fraîcheur et le bruit de la rue me surprirent. Une fois de plus, je changeais de pays. Le métro qui me ramenait à la maison reliait la Perse à la Russie, via Paris.

En retrouvant mes parents, je leur racontai brièvement mon après-midi chez les Voïevodoff. Mais je retardai le moment de leur annoncer l'événement capital de la journée. Je le gardais pour la bonne bouche. C'est à table, devant la famille réunie pour le dîner, que je parlai enfin de l'intention que nous avions, Nikita et moi, d'écrire un roman en collaboration. Mes parents accueillirent cette nouvelle avec un scepticisme amusé. Mon frère grommela : « Pourquoi pas, si ça vous démange ? » Et Mlle Hortense Boileau, toujours aussi pincée, observa : « J'espère que cela ne vous perturbera

pas dans vos études ! » Quant à ma sœur, elle
voulut savoir si nous avions déjà un titre. Avec
orgueil, je déclarai :

— Oui ; ce sera *Le Fils du satrape*.

Subitement, tous les visages autour de moi
prirent une expression dubitative. Mlle Boileau demanda :

— Qu'est-ce que c'est qu'un satrape ?

Sa question m'étonna. Se pouvait-il que ma
gouvernante, que j'avais considérée jusque-là
comme un puits de science, ignorât le sens de
ce mot ? En confessant cette lacune, elle tombait de haut dans mon estime. Je me donnai les
gants de lui apprendre que le satrape était,
comme chacun le sait, un dignitaire persan des
temps anciens. Elle souriait de biais, vexée
d'avoir été prise en défaut de connaissance. A
ce moment précis, je me rappelai — Dieu sait
pourquoi ? — cette veille de Noël à Moscou,
peu avant notre départ pour l'interminable
exode à travers la Russie. Assis dans un coin de
la cour enneigée, Mlle Hortense Boileau, mon
frère et moi-même regardions ma sœur qui
jouait aux quilles avec des garçons du voisi-
nage. Soudain, la lourde boule de bois qu'elle
s'apprêtait à lancer sur les neuf cibles dressées
à quelques mètres lui échappa de la main et alla
frapper Mlle Boileau en pleine tête. Le crâne
fendu, elle s'écroula sans pousser un cri. Déjà
on s'empressait autour d'elle avec des linges,
des compresses, des flacons de sels. Peu à peu,
elle reprenait ses esprits. Sa plaie était superfi-
cielle. Un médecin, mandé d'urgence, lui pro-
digua des soins plus sérieux. L'ayant requinquée

et pansée, il déclara qu'elle était hors de danger.
Mais elle avait perdu beaucoup de sang et un
énorme bandeau lui descendait sur l'œil. Son
visage était celui d'une victime expiatoire. Juste
avant ce stupide accident, mes parents, mécon-
tents de ses services, avaient envisagé de se sépa-
rer d'elle. Après, il n'en fut plus question. Toute
la famille Tarassoff avait subitement mauvaise
conscience. Ayant failli causer la mort de la gouvernante suisse, nous n'avions pas moralement
le droit de la congédier. Or, voici que l'affaire se
renouvelait sous une autre forme. En poussant
Mlle Boileau à reconnaître qu'elle ne savait pas
ce qu'était un satrape, je l'avais frappée par
mégarde à la tête, comme Olga l'avait fait jadis
en jouant aux quilles. Sa réputation d'éducatrice
était trop fortement ébranlée par ma question
restée sans réponse pour qu'elle pût s'en
remettre. Je l'avais définitivement sacquée — du
moins le pensais-je — et j'en éprouvais du
remords. Après avoir souhaité qu'elle nous quit-
tât, j'espérais qu'elle resterait chez nous
quelques années encore. Jusqu'à mon bac, peut-
être ! Coupable et furieux de l'être, je cherchai
son approbation. Avais-je donc tant besoin de
me faire pardonner ?

— Ça vous plaît, ce titre, mademoiselle ?
demandai-je.

— Quel titre ?

— *Le Fils du satrape.*

Elle crut à une insolence supplémentaire et
répliqua sèchement :

— Les vrais écrivains s'inquiètent du contenu
avant de chercher un titre !

IV

LES DEUX INCENDIES

Comme par un fait exprès, la semaine suivante, une recrudescence de devoirs à rédiger,
de leçons à apprendre, de compositions à préparer m'empêcha de m'occuper efficacement
du *Fils du satrape*. A mesure qu'on approchait
du dimanche fatidique, je sentais grandir en
moi la crainte de me présenter à Nikita les
mains vides. Par chance, le samedi, m'étant mis
à jour de toutes les besognes secondaires, je pus
me consacrer à notre roman. Hélas ! plus je
cherchais à l'enrichir de nouvelles aventures et
moins j'en trouvais. Comme d'habitude, mon
frère travaillait, après le dîner, dans notre
chambre. En manches de chemise, les cheveux
ébouriffés et un bâton de craie à la main, il ali-
gnait des équations sur le tableau noir que nos
parents lui avaient offert pour l'anniversaire de
ses seize ans. Tandis que les « x » et les « y » se
chevauchaient sur le fond sombre du panneau,
la page blanche que j'avais sous les yeux me
vidait impitoyablement la cervelle. Tout ce que
j'avais su faire jusqu'à présent, c'était de choisir un nom à notre satrape. Il s'appellerait
Artiom, comme notre gardien tcherkesse de
Moscou, et aurait comme lui une verrue sur la
joue gauche. De même, je baptisai son fils
Tchass, en souvenir d'un autre domestique
tcherkesse que j'aimais bien et qui était attaché
à notre propriété de Kisslovodsk, au Caucase.

Sur ma lancée, j'imaginai que le satrape Artiom serait amoureux de la fiancée de son fils Tchass et que celle-ci porterait, à l'instar de ma grand-mère, le nom étrange d'Oulita. A mon avis, tout cela sonnait de façon assez exotique pour paraître arabe, ou turc, ou persan. J'étais également très satisfait d'avoir pensé à une rivalité amoureuse entre le père et le fils. Il y aurait bien là de quoi alimenter deux ou trois chapitres. Après avoir résumé la situation en dix lignes, j'allai me coucher en espérant que Nikita me féliciterait, demain, pour ce premier apport à notre œuvre commune.

Pendant que je dormais, maman s'activait pour mettre à ma taille les vieilles culottes de golf d'Alexandre. Habitué à user les vêtements de mon frère quand ils lui devenaient trop petits, j'étais heureux de pouvoir me présenter chez les Voïevodoff avec des knickerbockers dignes d'un adolescent authentique. A mon réveil, je trouvai maman qui achevait les retouches à cette pièce maîtresse de ma garde-robe. Un désordre de bobines, d'aiguilles et de bouts de tissu attestait son application. Elle tenait des épingles entre ses lèvres et une paire de ciseaux à la main. A mon entrée, elle leva les yeux de son ouvrage. Je surpris dans son regard la même lueur de fierté tranquille que j'avais vue à Mme Voïevodoff lorsqu'elle avait fini de nous lire les premières pages de son récit.

Subitement, je me rappelai le temps lointain où, à Moscou, assis sur un petit banc aux pieds de maman, dans sa chambre tendue de soie damassée bleu clair, je jouais avec des éche-

veaux de laines multicolores, tandis que, pen-
chée sur un minutieux travail de tapisserie, elle
me racontait quelque histoire à dormir debout.
C'étaient les aventures du Poulain Bossu, du
miraculeux Poisson d'Or, de la sorcière Baba
Yaga dont l'isba était perchée sur des pattes de
poulet... Je connaissais tous les épisodes de ces
légendes, et cependant je tremblais de crainte
en écoutant maman les relater pour la centième
fois. Dans mon esprit embrumé, le chatoiement
des fils qu'elle utilisait pour son ouvrage rejoignait les inflexions mystérieuses de sa voix. Je
me sentais à la fois protégé par sa présence et
menacé par la magie des mots. Je songeai
qu'elle aurait parfaitement pu écrire des
romans comme Mme Voïevodoff. Pourquoi ne
l'avait-elle jamais fait ? Peut-être n'avait-elle
pas trouvé le temps, au cours de notre existence
agitée, de s'isoler devant une feuille de papier
pour noter les idées qui lui traversaient le cerveau ? Le ménage, la cuisine, les embarras
d'argent, les soucis familiaux l'avaient absorbée
tout entière. Mais peut-être aussi comptait-elle
sur moi pour tenir la plume à sa place ? Peut-
être étais-je destiné à la relayer dans le domaine
de l'imagination et du bavardage ? A peine
avais-je formé cette réflexion prophétique que
maman, brandissant les knickerbockers rafisto-
lés, m'annonçait, avec son tranquille sourire de
tous les jours :

— Voilà, Lioulik ! J'ai fait de mon mieux !
Espérons que ça ira...

L'essayage fut concluant. Rien à reprendre.
On aurait cru du sur mesure. Maman me fit

marcher en long et en large pour s'assurer de l'effet. En me regardant dans le miroir, je me dis qu'au fond c'était d'abord elle que je voulais séduire. Grâce à elle, nippé comme un prince, je n'avais plus honte d'affronter les élégances de la rue Spontini.

Nikita m'attendait dans sa chambre. Je fus étonné qu'il ne me fît aucun compliment sur mes culottes de golf. Sans doute avait-il trop l'habitude de cette tenue chez les garçons de notre âge pour la remarquer chez moi. Lui ayant soumis mes divagations de la veille, j'espérais que, du moins, il serait plus sensible à mes écrits qu'à mon habillement. Et, en effet, il reconnut que l'idée du satrape jaloux de son fils au point de vouloir lui voler sa fiancée était un bon ressort dramatique, mais il avait peur que cette complication sentimentale ne tirât le récit vers le genre gnangnan.

— On dirait une histoire inventée par maman ! dit-il.

Et il me lut sa propre version du chapitre d'introduction. Dès les premières lignes, on pataugeait dans l'horreur. Le satrape avait envoyé un de ses sbires pour espionner son fils qu'il haïssait et dont il craignait que la popularité ne constituât une menace pour son pouvoir. Or, ledit fils, découvrant la présence de l'émissaire paternel derrière un rideau, lui tranchait la gorge avec son sabre. Jusque-là, tout, dans le déroulement des faits, me paraissait plausible. Mais, pour accentuer l'effet dramatique de la scène, Nikita imaginait que notre héros s'acharnait à larder de coups sa victime expirante. Le

sang jaillissait à flots de toutes les plaies et for-
mait une flaque sur le dallage. Cette flaque
s'élargissait à vue d'œil, passait sous la porte, se
répandait dans l'antichambre. Redoutant que
d'autres agents du prince, alertés par la marée
rouge, ne vinssent le surprendre et l'arrêter, le
fils du satrape, beau comme un soleil et courageux comme un lion, arrachait sa chemise, en
épongeait le sol et s'en servait pour calfeutrer
l'interstice sous la porte et limiter ainsi
l'ampleur de l'inondation.

— C'est peut-être un peu trop de sang, dis-je
prudemment.

— Il faut ce qu'il faut ! répliqua Nikita,
imperturbable. Si tu chicanes sur l'épouvante,
le lecteur restera sur sa faim !

A demi convaincu, je demandai si, selon lui,
il y aurait d'autres crimes dans le livre.

— Il n'y aura que ça ! dit-il. Des crimes et de
l'amour, c'est la bonne recette !

Pour ce qui était des crimes, bien que je n'en
eusse jamais commis, je ne me sentais pas en
peine de les décrire ; mais, pour ce qui était de
l'amour, mon incompétence me rendait cir-
conspect. Ce n'étaient pas des pressions de
mains clandestines et des bisous volés à des
fillettes qui pouvaient m'inspirer dans l'évocation des débordements auxquels songeait
Nikita. Pourtant, une pudeur enfantine m'interdisait de lui révéler mes scrupules d'auteur
insuffisamment informé. Le propre d'un véritable écrivain n'était-il pas de savoir célébrer
toutes les passions sans en avoir éprouvé
aucune ? Afin de lui démontrer ma bonne

volonté dans la collaboration, je lui citai les noms que j'avais imaginés pour nos personnages. Il les approuva et, en échange, me montra la photographie de l'actrice Lillian Gish dans un journal de cinéma :

— C'est comme ça que je la vois, ton Oulita ! dit-il.

En contemplant le portrait de cette inconnue au regard fatal et aux lèvres entrouvertes sur un soupir de pâmoison, je tentai machinalement de me représenter une scène de tendresse entre elle et son fiancé, Tchass. Le fait qu'elle eût tout à coup un visage me gênait. En même temps, l'idée de ce tête-à-tête amoureux par personnages de roman interposés ne m'était pas désagréable. Je souris à de pâles fantômes. Puis, subitement, je détournai les yeux et rougis, comme si Nikita m'avait surpris en train de me curer le nez.

— Tu as besoin de voir des photos, toi, pour inventer une histoire ? demandai-je.

— Oui, dit-il, ça aide !

La photo de Lillian Gish m'avait bizarrement remis en mémoire d'autres photos d'actrices : celles des interprètes de *Pour un sourire de femme*. La vedette de l'ancien film de papa n'était pas moins jolie que celle qu'exhibait Nikita, et pourtant elle n'avait pas réussi à empêcher la faillite.

— Je me méfie des photos, murmurai-je. J'aime mieux ce que je vois dans ma tête que ce que je vois dans les journaux !

Nous n'eûmes pas le temps de débattre cette grave question : déjà, la femme de chambre

venait nous chercher, comme dimanche dernier, pour le déjeuner rituel en famille. Dans la
salle à manger, je retrouvai, sous l'égide des
parents de Nikita, la nappe immaculée, le bouquet de lilas au centre, les rince-doigts avec leur
pétale de rose et les jolis porte-couteau d'argent
qui m'avaient fasciné lors de ma première
visite. Je regrettais pour eux qu'ils fussent
condamnés à orner les repas de la tribu Voïevodoff, alors que j'aurais eu tant de plaisir à les
promener, d'une case numérotée à l'autre, dans
une course de petits chevaux. Cette fois, il y
avait à table, avec nous, Anatole et Lili, le demi-
frère russe et la belle-sœur française de mon
ami. Ils me parurent gais, bavards et un rien
vulgaires. Anatole, solide, carré, le cheveu dru
et noir, la voix claironnante, éprouvait une telle
ivresse à parler de lui qu'il racontait les détails
les plus insignifiants de sa tournée de représentant en champagne à travers la France. Pendant
qu'il pérorait, la nourriture refroidissait sous
son nez et il fallait l'attendre pour changer les
assiettes. De temps à autre, il lâchait une grosse
plaisanterie et sa femme s'esclaffait la première. Manifestement, cet homme était content
de lui et portait dans sa tête une réserve de bons
mots, d'anecdotes et de calembours qui lui
tenaient lieu d'intelligence. Moi qui me sentais
incapable d'aligner trois phrases en public,
j'enviais sa désinvolture et son abattage. A
cause de l'intarissable verbiage du demi-frère
de Nikita, le repas s'éternisait. Il était déjà tard
quand nous sortîmes de table.

Revenu dans la chambre de Nikita, je lui dis,

par politesse, que j'avais trouvé Anatole et Lili très sympathiques.

— Oui, dit-il. On ne s'ennuie jamais avec eux. J'ai d'ailleurs l'intention de leur lire *Le Fils du satrape*.

— Attends au moins que nous ayons fini le premier chapitre !

— Ça peut durer longtemps !

— On n'est pas pressés ! Plus on y travaillera, meilleur ce sera !

En énonçant cette sage maxime, je me demandai si je ne cherchais pas une excuse pour garder notre *Fils du satrape* à l'état de projet. Tant qu'une histoire est rêvée, pensais-je, on a le droit de la prendre pour un chef-d'œuvre. C'est en l'écrivant qu'on risque de la gâcher. Pourtant, tarabusté par Nikita, je consentis à envisager avec lui la suite du roman. Il voulait à tout prix corser l'histoire, dès le début, par la description d'un incendie.

— Pourquoi un incendie ? questionnai-je.

— Je ne sais pas au juste, dit-il. Mais je crois que ce serait nécessaire pour donner du mouvement aux premières pages. Seulement, je n'ai jamais vu d'incendie. J'ai peur de me gourer dans les détails ! Et toi, tu en as vu ?

— Oui... Mais il y a longtemps... C'est très confus dans ma tête...

Soudain, je me rappelai un soir de tumulte et d'angoisse, à Moscou. Un domestique accourt et nous annonce que le feu vient de prendre dans l'écurie. J'ai cinq ans, six ans... Je revois l'agitation des silhouettes noires devant la porte du bâtiment embrasé, les seaux d'eau qu'on se passe de main en main en attendant l'arrivée des pompiers. Le cheval d'Olga, Bouïan, se trouve à l'intérieur. Elle se précipite dans la fournaise pour l'en sortir. Avant que papa, le palefrenier, le gardien aient pu s'interposer, elle reparaît, indemne et triomphante, tenant par la bride le cheval effaré. Bouïan a les yeux fous, les membres tremblants et la bave aux lèvres. Tout le monde félicite Olga pour sa bravoure. Mes parents la supplient d'être moins téméraire à l'avenir. Elle le leur promet en riant. De la main, elle caresse le chanfrein de Bouïan, qui peu à peu se calme. Le feu est éteint. On peut aller dormir.

En racontant *mon* incendie à Nikita, je constatai que je prenais plaisir à évoquer cette époque où ma sœur, toute jeunette encore, était passionnée de chevaux. Et voici que cette fervente écuyère était devenue une danseuse, aussi férue de chorégraphie qu'elle l'avait été d'équitation. Comment se faisait-il qu'elle eût troqué sans regret les étriers et la selle contre les tutus et les chaussons de satin à bouts renforcés ? N'étais-je pas à la merci d'une transformation analogue, moi qui rêvais de subjuguer les foules par le récit du *Fils du satrape* et qui peut-être finirais, comme Anatole, dans la peau d'un représentant en champagne ? Il se pouvait d'ailleurs que mon sort fût encore moins enviable ! Je me voyais fort bien sous les espèces de ce clochard haillonneux que j'avais découvert, un matin, sous le pont de Neuilly, un litre de vin rouge à côté de lui et un chien galeux couché à ses pieds. Toutes les chutes sont possibles quand on est un émigré ! pensai-je sans trop y croire. Nikita me tira de mes prémonitions pessimistes en me déclarant que, réflexion faite, *mon* incendie pouvait servir à « relever la sauce ».

— Il faut que ce soit Tchass, le fils du satrape, qui sauve du feu le cheval de sa fiancée ! déclara-t-il.

— Si tu veux, dis-je en déplorant que ce ne fût pas ma sœur qui s'en chargeât, comme dans mon souvenir.

Les exigences de la fiction m'incitaient à regretter les données crues de la réalité. Cette attitude était-elle normale chez un apprenti romancier ? Pendant que je me posais la question, la vision d'une autre catastrophe traversa ma mémoire. Les flammes de l'écurie, comme ranimées par un coup de vent, se transportaient ailleurs, par-dessus les années. Mais, cette fois, ce n'était pas un cheval qui était menacé, c'était toute notre famille.

Une nuit, en chemin de fer, au cours de l'interminable exode qui nous promène à travers la Russie. Entassés dans un wagon à bestiaux, parmi des individus aux pauvres vêtements et aux visages malveillants, qui eux aussi fuient les bolcheviks, nous nous taisons et courbons le dos, espérant n'être pas inquiétés jusqu'à la fin du voyage. Soudain, un cri rauque : « Au feu ! » Des langues de flammes s'insinuent par les interstices des portières fermées. Rien de surprenant à cela : les étincelles, provenant du frottement des roues sur les essieux mal graissés, ont allumé la paille de la litière qui passe par les fentes du plancher. Activé par l'ouragan de la course, le brasier va sûrement s'étendre. Dans quelques minutes, le wagon entier flambera comme une torche. Et il n'y a pas de signal d'alarme ! Je vois encore, autour de moi, ces rudes figures inconnues qui grimacent de peur. J'entends les gémissements d'un bétail humain qu'on ne conduit pas à l'abattoir, mais au bûcher. Certains tapent furieusement du poing contre les parois, comme si quelqu'un, à l'extérieur, pouvait les entendre. D'autres, plus fatalistes, s'agenouillent en silence et prient. Une chaleur suffocante nous enveloppe dans l'odeur âcre de la fumée. Maman se lamente à haute voix : elle est désespérée que papa ne soit pas à nos côtés dans ces instants tragiques. Sur le point d'être pris comme otage en qualité de notable — donc d'« exploiteur des prolétaires » — par les envoyés de la Tchéka[1], il a été obligé de fuir, en nous laissant consigne de le rejoindre à Kharkov, ville encore tenue par les blancs. Privé de son guide habituel, notre groupe se fige dans l'immobilité et la résignation. Mais subitement maman, dans un sursaut de révolte, se précipite sur Choura, saisit le petit sifflet d'enfant qu'il porte en garniture au col de son costume marin et souffle dedans à s'en arracher les poumons. Son appel misérable se perd dans le vacarme des roues et le hululement de l'air déchiré par la vitesse. Je suis tellement sidéré par l'extravagance de la scène que je mesure mal le danger

---

1. Police politique pendant la Révolution russe. Elle sera remplacée en 1922 par le Guépéou.

qui nous guette. Comment croire que nous allons périr, grillés vif, à cent lieues de Moscou, parmi tous ces gens qui ne nous sont rien ? Je ne comprends pas pourquoi maman sanglote, pourquoi Mlle Boileau serre les mâchoires dans une moue indignée ni pourquoi grand-mère récite des incantations en dialecte tcherkesse. Tout cela est si irréel que cela tient du cauchemar, mais aussi du spectacle. Quelles sont la part de l'inconscience et celle du sang-froid dans ma stupéfaction ? J'attends la suite des événements avec plus d'impatience que d'effroi.

Et tout à coup, c'est le miracle ! Le train ralentit, pénètre dans une gare secondaire, s'arrête, des gens s'agitent dehors, ouvrent les portières, éteignent le feu, aident les rescapés à descendre. Nous nous échappons, un à un, du brasier. Grand-mère, soulevée et portée à bras d'hommes, s'insurge :

— Attention ! Vous allez déchirer ma cape de fourrure !

Elle n'a toujours pas compris où nous sommes, ce que nous veulent ces étrangers braillards et où ils nous emmènent. Moi non plus, d'ailleurs. Suis-je encore de ce monde ? Et est-il si important que je sois de ce monde ? On décroche la voiture sinistrée et on nous enfourne dans un autre wagon à bestiaux, parmi d'autres voyageurs qui grognent parce qu'ils doivent se serrer pour nous faire de la place. Le train repart dans la nuit. Par extraordinaire, ce nouveau wagon ne brûlera pas, ne déraillera pas et nous atteindrons Kharkov sans difficulté majeure. Nous y retrouverons papa, nous lui raconterons le danger auquel nous venons d'échapper et il nous plaindra en nous enveloppant de ses grands bras protecteurs. Après avoir évoqué devant Nikita cet épisode dramatique de notre fuite, je lui dis, comme pour m'excuser d'en avoir trop longuement parlé :

— Tu vois, je sais ce que c'est qu'un incendie ! Je pourrais en décrire un, s'il le faut, dans *Le Fils du satrape*...

— Oui, dit-il, mais ça ferait double emploi avec le feu dans l'écurie ! On trouvera autre chose : une inondation, un tremblement de terre...

— Dommage ! dis-je. Pour l'inondation ou le tremblement de terre, je ne pourrai pas t'aider : je n'en ai pas connu...

Il partit d'un éclat de rire supérieur :

— Et alors ? Je ne te le répéterai jamais assez, mon vieux, oublie la vérité, laisse parler ton imagination ! C'est le secret de la réussite dans les bouquins ! D'ailleurs, maman ne fait pas autre chose qu'inventer...

La référence à Mme Voïevodoff me parut peu convaincante. Mais je n'eus pas l'occasion d'approfondir le débat : Anatole et Lili frappaient à notre porte. Ils allaient au cinéma et nous proposaient de les accompagner. Nikita leur dit qu'il préférait rester à la maison pour travailler, avec moi, au *Fils du satrape*. Comme ils ne comprenaient pas de quoi il s'agissait, nous les mîmes au courant de notre projet. Ils se montrèrent étonnés et quelque peu narquois, mais nous recommandèrent de foncer courageusement dans le brouillard :

— Allez-y, mes cocos ! dit Anatole. Qui ne risque rien n'a rien ! Je suis sûr que vous vous débrouillerez comme des chefs. D'ailleurs, nous sommes en république. Chacun fait ce qu'il veut ou ce qu'il peut... Et vive la France puisqu'il n'y a plus de Russie !

Sa radieuse imbécillité m'indisposa. Et pourtant elle n'était pas très différente de la méfiance souriante de mes parents. J'en déduisis qu'en matière d'art le scepticisme était de règle, à partir d'un certain âge. Peut-être l'enthousiasme créateur avait-il été interdit, une fois pour toutes, aux adultes ? Quand on avait une grande idée en tête, il fallait profiter de son manque d'expérience pour la mettre en pratique. Si on réfléchissait trop, si on pesait le pour et le contre, on perdait le bénéfice de la fraîcheur. Pourvu que nous ayons le temps de terminer *Le Fils du satrape* avant de nous apercevoir que le jeu n'en valait pas la chandelle !

Sans nous concerter, Nikita et moi, saisis d'une brusque émulation, nous nous installâmes côte à côte à sa table de travail pour essayer de guider les premiers pas du *Fils du satrape*. Mais il allait dans tous les sens. Confrontant nos élucubrations respectives, nous constations que les phrases s'enchaînaient mal et que les épisodes se succédaient en dehors de la moindre logique. Selon toute probabilité, ce n'était pas ainsi qu'on rédigeait un livre chez les « professionnels ». Avions-nous présumé de nos forces ? Tel n'était pas l'avis de Nikita.

— C'est un tour de main à trouver, dit-il. Le

tout est de ne pas se décourager dès le premier pépin. Il paraît que les vrais écrivains mettent des mois avant de savoir comment assaisonner leur salade. Alors, tu vois ce qu'il nous reste à faire. Chiader et encore chiader ! Tu vas réviser à la maison ce que nous avons pondu tout à l'heure et, pendant ce temps-là, je pondrai la suite...

Je quittai Nikita en lui promettant de relire notre texte, la plume à la main, et de lui apporter, dimanche prochain, une copie dûment rectifiée. Pour m'encourager, il me dit sur le seuil :

— T'en fais pas ! Je crois que nous tenons le bon bout !

J'aurais voulu en être aussi sûr que lui.

Quand j'arrivai à la maison, il n'était pas encore temps de dîner. Toute la famille était occupée à autre chose. Alexandre, réfugié dans notre chambre, s'escrimait contre des chiffres et des courbes algébriques ; Olga, retenue à une répétition de sa petite troupe de ballet, rentrerait tard dans la soirée ; maman raccommodait des chaussettes sous la suspension de la salle à manger. Assis à côté d'elle, papa étalait sur la table sa collection de vieux papiers de Russie. Malgré une série de déconvenues, il croyait encore qu'il pourrait, à la faveur d'un improbable changement de régime, retourner à Moscou et rentrer en possession de ses biens. Actes de vente caducs, contrats hors d'usage, reconnaissances de dettes périmées, comptes bancaires annulés, rapports de conseils d'administration sans objet, ces documents, qu'il compulsait avec des précautions d'avare, réveillaient en lui des

espérances qui l'aidaient à survivre. Après dix
procès perdus en Europe et aux Etats-Unis pour
récupérer le peu d'argent qu'il avait essayé de
mettre en sûreté au moment de fuir la Russie, il
se consolait comme il pouvait en triant, pour la
centième fois, des archives inutiles. Pendant
qu'il relisait ces papiers qui n'étaient plus que
des trompe-l'œil, il se donnait l'illusion de
prendre, pour quelques heures, une juste
revanche. C'était sa façon à lui de jouer au *Fils
du satrape*. Je le trouvais ridicule dans son entê-
tement à remuer ce tas de feuilles mortes et, en
même temps, j'avais envie de l'embrasser pour
lui demander pardon d'être jeune et de ne pas
souffrir autant que lui d'avoir perdu ma patrie.
Entre maman qui tirait l'aiguille, en ayant soin
de suivre la courbe de l'œuf à repriser, et papa
qui additionnait infatigablement des roubles de
fumée et des certificats factices, je me sentais
doublement en exil. Séparé de mon pays d'origine, je l'étais aussi de la réalité. Je flottais entre
deux univers. Et le symbole de ce douloureux
balancement, c'était mon père, penché sur des
dizaines de pièces justificatives qui n'intéres-
saient plus personne. Il les distribuait devant lui
comme un jeu de patience. Espérait-il une
réponse favorable quand il aurait placé dans le
bon ordre toutes les cartes de sa réussite ?

Ce fut ma mère qui le tira de sa contempla-
tion en allant à la cuisine préparer le repas.
Alexandre vint nous aider à mettre la table.
Quant à papa, il se dépêcha de ranger ses précieux documents dans un placard qu'il ferma à
clef, comme s'il y déposait sa fortune. Le dîner

se composait, ainsi que chaque dimanche, de bortsch et de gruau de sarrazin. C'était très bon. Mais comment ne pas songer qu'il y avait là une discrète invitation à la nostalgie ? Ne pouvant retourner en Russie, mes parents se contentaient de parler russe, de lire russe, de boire russe, de manger russe. Moi aussi, bien sûr, j'étais heureux de ce dépaysement gastronomique. Mais, à mes yeux, un hommage rendu à la cuisine russe était sans conséquence durable. Après la dernière bouchée, je n'y penserais plus. Je reviendrais en France. Eux, en revanche, ayant vidé leurs assiettes, continueraient le voyage de la mémoire. Les souvenirs après la nourriture. Toute la différence était là. Et elle avait le poids même de la vie.

A dix heures et demie du soir, papa nous quitta pour aller chercher Olga à la sortie du studio où elle répétait le prochain spectacle de ballet. Il refusait de la laisser rentrer seule à une heure aussi tardive. « Dès qu'on allume les becs de gaz, disait-il, la ville n'est plus sûre pour les femmes. » Du reste, à Moscou, il n'aurait pas autorisé Olga à monter sur les planches. A Paris, on pouvait se le permettre. Même un métier aussi insolite que celui de danseuse classique passait, ici, pour honorable.

Tout à coup, je songeai qu'il avait dû y avoir aussi des danseuses chez les Persans. Ma sœur m'avait parlé autrefois d'une certaine Salomé qui avait obtenu, pour prix de ses évolutions les plus gracieuses, la tête de saint Jean-Baptiste. Olga connaissait cette histoire parce qu'on en avait tiré un ballet célèbre. Mais Salomé était, d'après la tradition, une princesse juive et non persane. Je n'en étais pas à cela près ! D'enthousiasme, je décidai de faire de mon héroïne, Oulita, une danseuse aux gestes harmonieux. Elle sauverait un cheval des écuries princières et périrait quelques jours plus tard dans l'incendie de tout le palais. Deux départs de flammes dans le même chapitre, Nikita ne pourrait qu'être satisfait de ce coup de théâtre à répétition.

En règle avec ma conscience, j'attendis le retour d'Olga, convoyée par papa, et, après avoir assisté à la légère collation qu'elle prit à la cuisine, lui parlai incidemment de Salomé. Je voulais qu'elle me renseignât sur les danses en usage dans ce pays et en ce temps lointains. Elle se contenta de me dire que la question dépassait sa compétence, mais qu'à coup sûr les jeunes filles de Perse étaient aussi capables de charmer les spectateurs par la grâce de leurs mouvements que les jeunes filles de Judée. Je n'en demandais pas plus. Mes héros commençaient à vivre. Il me sembla même que la suite de leurs aventures ne dépendait plus de moi ni de Nikita. N'était-ce pas de bon augure pour leur avenir dans la fiction et pour le nôtre dans le métier d'écrivains ?

V

IL Y A DANSE ET DANSE !

— J'ai trouvé un rebondissement formidable ! dit Nikita.

La chasse aux « rebondissements » était devenue sa marotte. Chaque dimanche, il en suggé-
rait un nouveau. Je devais le raisonner pour éviter que la vie de notre satrape et de son fils ne
se transformât en une série de catastrophes.
Incendies, vols, assassinats, enlèvements,
séquestrations et bagarres de toutes sortes
— Nikita n'était jamais rassasié. Il ne voyait de
salut, pour nos personnages, que dans les coups
de théâtre. Pour ma part, je penchais plutôt
vers les révélations sentimentales et les mouvements de l'âme. Qui de nous deux était dans la
bonne voie ? Je n'en sais rien, mais, fatigués de
discuter en pure perte, nous choisissions
d'habitude un compromis entre les tendances
contradictoires de nos tempéraments : un
mélange de surprises du sort et de surprises du
cœur. Le résultat était que notre histoire — je
m'en rendais compte semaine après semaine
— avançait en claudiquant. Cette fois encore,
préparé à toutes les extravagances, j'interrogeai
mon ami d'un ton sceptique :

— Eh bien, vas-y ! Qu'est-ce que c'est, ton
rebondissement ?

Avec l'impétuosité d'un chercheur d'or qui
vient de découvrir un filon, Nikita m'exposa sa
dernière idée : au moment où le fils du satrape,

l'indomptable Tchass, se déciderait à braver l'interdiction de son père et à épouser la belle et sage Oulita, il rencontrerait, en se promenant aux abords du palais, sa vieille nourrice, à demi aveugle, dont il était sans nouvelles depuis son enfance. La brave femme serait tellement émue en le reconnaissant, malgré son début de cécité, qu'elle lui révélerait un terrible secret. Elle savait, de source sûre, que Tchass et sa fiancée étaient frère et sœur.

En énonçant cette nouvelle hypothèse romanesque, Nikita quêtait du regard mon approbation. Abasourdi, je ne sus que murmurer :

— C'est absurde !

— Pourquoi ?

— Personne n'y croira, à ton truc !

— Ce n'est pas une raison pour y renoncer !

— Réfléchis, Nikita : des amoureux qui, à la veille de leur mariage, découvrent qu'ils sont frère et sœur, c'est trop gros comme ficelle, ça ne passera pas, ça foutra le reste par terre !

— Et moi, je te dis que le public gobera ce mic-mac avec délices ! D'ailleurs, il y a beaucoup de cas encore plus insensés, plus tordus dans la vie ! Il ne t'est jamais arrivé de te trouver devant quelque chose de tellement inattendu, de tellement bizarre que tu te demandes si, quand tu le raconteras, on ne te traitera pas de menteur ? Les coïncidences, les quiproquos, les révélations de dernière minute, la chance, quoi ! ça existe, mon vieux ! La vérité est faite d'invraisemblances ! Alors pourquoi nous en priver dans notre *Fils du satrape* ? Tu m'as toi-même parlé des aventures formidables de tes

parents pendant la révolution : les extravagances qui étaient possibles en Russie, à cette
époque-là, devaient l'être aussi en Perse, au
temps du satrape !

— Tu ne vas pas comparer, Nikita ! Ce qui
nous est arrivé pendant l'exode ne tenait pas du
hasard, tandis que ta nourrice rencontrant tout
à coup, devant le palais, le fils du satrape,
qu'elle a perdu de vue depuis des années et
qui...

Je m'arrêtai de parler, comme si la respiration
me manquait. Un souvenir, longtemps enfoui,
me remontait en mémoire. C'était encore
là-bas, en Russie, durant notre fuite. Après
avoir retrouvé papa à Kharkov, toute la famille,
poursuivant son errance à travers le pays dislo-
qué par la guerre civile, avait échoué à Tsarit-
syne¹. La ville, située sur la rive droite de la
Volga, est cernée par les rouges. Les liaisons fer-
roviaires sont coupées. Seul moyen d'échapper
aux bolcheviks : prendre un bateau et descendre le fleuve jusqu'à une région épargnée
par leur avance. Justement, il y a un vieux
vapeur qui est à quai, prêt à partir. C'est le dernier. Et il est bondé de réfugiés qui se serrent
les coudes, du pont à la cale. Pas une place
libre, même en payant le prix fort. Les autorités du bord refusent d'embarquer le moindre
passager en surnombre.

Réunis sur le quai, autour de l'amoncelle-
ment de nos bagages, nous attendons le retour

1. Tsaritsyne a été baptisée Stalingrad en 1925 par les
Soviets, puis Volgograd, en 1961, par le nouveau régime.

de papa, qui est parti à la recherche du capitaine pour essayer de l'attendrir sur notre sort. Mais il n'y a que peu d'espoir. Le crépuscule est venu. A cause des combats qui se rapprochent, toutes les lumières du port sont éteintes. Même les hublots du navire en partance sont masqués. L'ombre qui s'épaissit ajoute à notre angoisse. Dans le va-et-vient des débardeurs et les aboiements d'un porte-voix qui transmet des ordres incompréhensibles, je perds la notion du lieu et de l'heure. Est-ce vraiment la nuit ? Pourquoi ne suis-je pas dans ma chambre, à Moscou ? Ne vais-je pas me réveiller devant une tasse de chocolat chaud ? Brusquement, j'ai l'impression que — les flammes en moins — l'instant est aussi grave pour nous que lors de l'incendie du wagon à bestiaux. D'ailleurs, grand-mère, assise sur un balluchon, égrène, comme ce jour-là, son chapelet. C'est mauvais signe. La canonnade, d'abord lointaine, se précise. Des coups de feu isolés éclatent çà et là, derrière les baraquements de l'embarcadère. Les bolcheviks ne vont pas tarder à envahir les rues de Tsaritsyne. Nous tomberons entre leurs griffes, tels des rats pris au piège. Le bateau s'apprête à larguer les amarres. Dans quelques minutes, il s'éloignera pour toujours, nous laissant sur le quai, à la merci des révolutionnaires.

— Cette fois, c'est la fin ! balbutie maman, et elle fait le signe de croix au-dessus de ma tête.

A cet instant précis, papa surgit devant nous comme un diable jailli d'une boîte. Il est transfiguré. Il gesticule. Il crie :

— Venez vite ! C'est arrangé !

— Qu'est-ce qui est arrangé ? demande maman d'une voix étranglée.

— Notre départ, Lydia ! Tu te rappelles Maxime Stepanenko ? Mais si ! Je t'en ai parlé cent fois : ce camarade ukrainien que j'ai connu au gymnase, à Moscou... Il était dans ma classe et on a fait toutes nos études ensemble... Un type merveilleux ! Vingt ans déjà !... Je ne savais plus au juste ce qu'il était devenu. Eh bien, tout à l'heure, en allant chercher le capitaine dans le bureau de l'armement, qui est-ce que je vois ? Stepanenko ! C'est lui qui commande le bateau..., notre bateau... Nous sommes tombés dans les bras l'un de l'autre... Je lui ai tout dit : il nous offre l'hospitalité à bord, dans sa cabine... Nous y serons serrés comme des harengs. Mais il vaut mieux être un misérable hareng vivant qu'un superbe esturgeon mort !... Dépêchez-vous ! On a juste le temps d'embarquer !

En me rappelant notre explosion de joie, notre précipitation vers l'échelle de coupée, notre enfermement, à huit, entre la couchette et le lavabo du capitaine, je sens encore dans mes narines l'odeur de rance et de vernis de la cabine. Déjà la trépidation des machines fait vibrer la carcasse du navire. Au moment de l'appareillage, maman a soupiré :

— Dieu nous a pris en pitié. Personne ne voudra le croire !

Les paroles mêmes dont j'avais failli me servir pour dissuader Nikita d'adjoindre au *Fils du satrape* un épisode peu plausible ! Pourtant, je n'osai lui rapporter le miracle de l'apparition de

Stepanenko sur notre route. Il en aurait tiré argument pour affirmer que tous les moyens sont bons quand il s'agit d'étonner le lecteur. Au contraire, il me semblait que, par respect pour les événements extraordinaires que mes parents et moi avions connus à Tsaritsyne, je devais éviter d'encourager mon ami dans les excès de l'imagination. Je me contentai de dire, pour modérer son ardeur :

— Il faudrait, au moins, trouver quelqu'un d'autre que la vieille nourrice pour apprendre à Tchass sa parenté avec Oulita.

Il bondit sur l'occasion d'un arrangement à l'amiable :

— Ça te plairait mieux si, au lieu d'une nourrice, c'était une sorcière ?

— Sorcière, nourrice, c'est tout comme...

— Pas du tout ! Une sorcière qui aurait ses entrées au palais, qui dirait la bonne aventure au satrape, qui saurait tout sur tout le monde...

Il était incorrigible dans son obstination à dérailler. Las de lutter contre lui au nom de la vraisemblance, je marmonnai :

— Si tu veux... Après tout, ce rebondissement en vaut un autre... On essaiera de le faire avaler avec le reste...

Ce jour-là, notre séance de travail fut plus brève que d'habitude. Nous nous bornâmes à mettre au point le brouillon de la semaine précédente. Avant chaque phrase, nous en discutions les termes, puis je la notais avec application sur une des feuilles fournies par Mme Voïevodoff. Ce travail de secrétaire apaisait mon humeur. Je me demandai pourquoi

Nikita ne me parlait jamais des incidents qui avaient certainement marqué son départ de Russie, alors que j'étais plein des souvenirs de notre propre aventure. Quand je lui posai la question, il répondit avec dédain :

— Pour nous, ça a été sans histoire. Comme toujours, papa s'était bien débrouillé. Il savait à qui graisser la patte ! Jusqu'à Novorossiisk, nous avons voyagé comme des princes. C'est simplement sur le rafiot où j'ai fait ta connaissance, en route pour Constantinople, que j'ai compris qu'il y avait du danger. Alors, tu vois, si je veux me remuer les méninges, il ne faut pas que j'essaie de me souvenir, il faut que j'invente !

Séance tenante, il voulut présenter le fruit de notre collaboration à son frère et à sa belle-sœur. Mais Anatole sillonnait la province pour placer son champagne. Nous nous rabattîmes sur Lili. Justement, c'était le jour de sa visite hebdomadaire aux beaux-parents, rue Spontini. Elle devait s'ennuyer ferme avec eux, car elle n'hésita pas à accepter notre invitation. Nous n'avions encore mis au propre que dix-sept pages de notre roman. C'était suffisant, estimions-nous, pour qu'elle pût se faire une idée de l'ensemble.

Lili nous rejoignit dans la chambre et Nikita commença à lui lire notre texte à haute voix. En l'écoutant, elle souriait d'un air absent et se limait les ongles avec dextérité. Visiblement, elle était plus préoccupée de l'élégance de ses mains que des déboires du fils du satrape. J'en conclus que, malgré les « rebondissements » chers à Nikita, notre récit l'assommait. Quand il se tut, après avoir tourné la dernière page, elle dit mollement :

— C'est pas mal...

Mais elle ajouta aussitôt :

— ... pour votre âge !

Ce qui gâchait tout ! Quelque peu déçu par cette appréciation mitigée, Nikita tenta de lui détailler les péripéties dramatiques dont nous comptions agrémenter la suite. Elle nous fit signe, en riant, qu'elle défaillait sous ce déferlement de calamités. Ses lèvres étaient très maquillées. Et ses yeux aussi, me semblait-il, comparés à ceux de maman et d'Olga.

— Ça ne vous suffit pas comme ça, toutes ces horreurs ? dit-elle en inclinant la tête pour suivre du regard le travail minutieux de la lime et du polissoir sur l'extrémité de ses doigts.

Au lieu de répliquer avec son assurance coutumière, Nikita bredouilla, en manière d'excuse :

— Ben, non... C'est comme se limer les ongles... Ça fait passer le temps...

Elle nous dévisagea avec plus d'attention, comme si elle nous voyait pour la première fois.

— C'est drôle pour des garçons qui vont encore en classe de s'amuser à écrire ! observat-elle.

— Maman écrit bien, elle ! rétorqua Nikita.

— Oui, seulement ta maman a beaucoup vécu...

— Ce n'est pas ce qu'elle a vécu qu'elle raconte, c'est ce qu'elle invente !

— Peut-être. Mais elle a de l'expérience, elle

sait de quoi elle parle... Ça se sent même quand elle imagine des histoires plus ou moins farfelues... Tandis que vous deux...

Elle n'acheva pas sa phrase.

— Nous deux ? interrogea Nikita, subitement agressif.

— Vous deux, c'est..., c'est du vent..., c'est n'importe quoi... Il y a autre chose dans l'existence que l'écriture...

— Quoi, par exemple ? demanda Nikita.

— Je ne sais pas... Le sport, le cinéma, les filles...

Nikita haussa les épaules :

— L'un n'empêche pas l'autre.

— Peut-être bien que si ! dit-elle en nous menaçant tous les deux du doigt. Je parie que tu ne sais même pas danser, Nikita !

— Un peu, tout de même, dit-il, vexé. Tu m'as déjà montré.

— Ça ne suffit pas ! Et vous, Lioulik ?

— Non, avouai-je. Moi, je ne sais pas.

Pourquoi diable crus-je utile de préciser :

— Ma sœur, elle, est danseuse...

Lili parut touchée par cette révélation plus que par toutes celles du *Fils du satrape* :

— Elle est plus âgée que vous, je suppose ?

— Nous avons neuf ans de différence.

— Et à quel genre de danse s'intéresse-t-elle ?

— A la danse classique..., au ballet... Elle fait partie d'une compagnie... On peut la voir sur scène, à l'Athéna Palace. Son numéro passe pendant les entractes...

— Vous avez assisté à son spectacle ?

— Une ou deux fois.

— Ça vous a plu ?

Je voulus être franc :

— Comme ci, comme ça ! bafouillai-je.

— Vous dites la même chose que moi en parlant de votre *Fils du satrape*, observa-t-elle avec ironie, sans me quitter des yeux. Il faut savoir danser quand on est jeune. Autrement, on s'encroûte, on passe à côté du meilleur de la vie. Si vous voulez, je vous apprendrai... Pas la danse classique, évidemment, les danses modernes..., celles d'aujourd'hui, et même de demain !

Elle s'animait en parlant. Je la trouvai si vive, si décidée qu'elle me sembla tenir à elle seule, dans la chambre de Nikita, le rôle de dix femmes à la langue bien pendue et au regard allumé. Avant que nous eussions pu protester, elle nous emmena tous les deux dans le salon, qui était vide, tourna la manivelle du phonographe, mit un disque sur la platine et annonça :

— C'est mon fox-trot préféré ! Tu viens, Nikita ?

D'autorité, elle l'entraîna dans un trémoussement cadencé et rapide. Tandis qu'il remuait les pieds maladroitement devant sa belle-sœur, elle marquait la mesure par de courts hochements de tête. Ses hanches, ses épaules, son ventre épousaient voluptueusement les inflexions de la musique. Je jugeai Lili provocante et Nikita ridicule. Ils se pavanèrent ainsi devant moi jusqu'à la fin du morceau. Puis Lili remonta l'appareil, changea de disque et, se tournant vers moi, ordonna :

— A vous, maintenant, Lioulik !

Je la pris dans mes bras avec précaution, sans la serrer. Une chaleur discrète irradiait d'elle à travers ses vêtements. Son parfum, que je n'avais pas remarqué jusque-là, emplissait ma tête. Je ne savais plus si, ce qui me faisait danser, c'était la musique ou ce rayonnement, odorant et tiède, d'un corps féminin contre le mien. Comme en proie au vertige, je me laissai guider, pas à pas, selon le déroulement d'un blues langoureux. Quand je me trompais de rythme, Lili me reprenait avec la vigilance patiente d'une grande sœur. Et pourtant, elle n'avait rien de commun avec ma vraie sœur. Olga était inconsistante, incolore, insipide, alors que je devinais dans Lili une créature en quête de sensations extrêmes et de prétextes à rire. Olga n'était pas une femme. Lili était toutes les femmes. Et cela me gênait pour continuer à gigoter avec elle. Quand mon regard rencontrait le sien, j'étais à la fois heureux et mal à l'aise. On eût dit qu'elle voulait vaincre ma timidité tout en m'empêchant de me faire des idées. Je la détestais sans savoir pourquoi. J'avais hâte d'entendre les dernières mesures de ce blues diabolique. Lorsque le disque s'arrêta, je laissai retomber mes bras, enfin délivré de Lili, enfin rendu à mon âge. Elle s'écarta de moi et dit simplement, comme s'il ne s'était rien passé entre nous :

— Eh bien, vous voyez, Lioulik, c'est pas mal pour un essai !...

Ce banal compliment m'enchanta et je m'en voulus d'y être sensible. Après avoir dansé avec moi, elle retourna à Nikita. Cette fois, ils me parurent moins grotesques dans leurs évolutions aux sons d'une musique syncopée. Mais, en regardant mon ami, appliqué à charmer sa belle-sœur par des dandinements et des glissades, je me surpris à regretter nos bonnes séances de controverse, entre copains, autour du *Fils du satrape*. Je devinais que quelque chose de précieux était sur le point de m'être ravi : le fantôme du *Fils du satrape* peut-être, ou l'amitié de Nikita...

Alertée par les accents du jazz, Mme Voïevodoff entra dans le salon. Debout à côté de moi, elle regarda danser son fils et sa bru. Son visage exprimait un parfait contentement maternel. Comme si, à leur vue, elle eût pris un bain d'innocence. Quand ils s'arrêtèrent, elle battit des mains :

— Très bien, très bien, Nikita, mon chéri ! Tu as fait des progrès ! N'est-ce pas, Lili ?

Ils saluèrent, le sourire aux lèvres, en se tenant par la main, à la façon des acteurs. La représentation était terminée. Chacun allait retrouver sa place dans la maison. Cependant, un malaise persistait en moi, que je ne savais ni analyser, ni combattre. J'avais la gorge serrée, comme à l'enterrement de ce camarade de classe mort, l'année dernière, d'une méningite foudroyante. Quand nous remontâmes dans la chambre, Nikita me proposa de nous remettre au travail sur *Le Fils du satrape*. Je lui dis qu'il était trop tard, que mes parents m'attendaient et je partis sans même prendre rendez-vous pour le dimanche suivant.

VI

N'HABITE PAS
À L'ADRESSE INDIQUÉE

Comme chaque année, nous avons réveil-
lonné à deux reprises, en famille, pour fêter
la nuit de Noël : une fois le 24 décembre, à
la française, par simple politesse d'émigrés ;
une autre fois le 6 janvier, à la russe, par tradition ancestrale, le calendrier julien étant de
treize jours en retard sur le calendrier grégo-
rien. Ce deuxième soir, après la messe, le repas
qui nous réunit me parut d'une qualité sacra-
mentelle. Maman s'était surpassée dans la
confection de deux koulebiaks monstres, l'une
au chou, l'autre au poisson, dont la pâte moel-
leuse fondait sous la langue. En plus de la
vodka, il y avait une bouteille de vin mousseux
sur la table. Bien que n'étant pas autorisé à y
goûter, vu mon âge, je n'en appréciai pas moins
que ces deux breuvages figurassent au menu
des réjouissances.

En ce qui concerne la vodka, toute la tribu
Tarassoff a une dette de reconnaissance envers
cette généreuse boisson nationale. Comment
oublier que, juste avant d'atteindre Kharkov où
papa devait nous attendre, notre petite smala,
répartie entre deux télègues louées à des pay-
sans, avait été interceptée par une patrouille
allemande opérant à l'arrière des lignes bolcheviques ? Cela se passait peu de temps après la
signature de la honteuse paix de Brest-Litovsk,

concédée par Lénine et Trotski à la coalition germanique. La région que nous traversions était déchirée entre les rouges, les blancs et les séparatistes ukrainiens, soutenus par l'Allemagne. Une épidémie de grippe espagnole s'étant déclarée dans le coin, les troupes allemandes s'étaient chargées de l'enrayer en instituant une quarantaine. Notre équipée aboutit dans un camp pouilleux, entouré de barbelés et surveillé par des sentinelles. Une centaine de réfugiés étaient allongés là, sur des paillasses disposées à même le sol de terre battue. Comme il fallait s'y attendre, les transfuges, épargnés par la grippe espagnole durant le voyage, n'avaient pas résisté à la contagion dans cet enclos putride. Par extraordinaire, dans notre groupe, seules les « femmes » furent atteintes. Couchées côte à côte, ma mère, ma sœur, Mlle Hortense Boileau, ma grand-mère grelottaient de fièvre. C'était surtout le cas de maman qui inquiétait le médecin du camp, un major prussien en uniforme, correct, pincé et dédaigneux. Il manquait de médicaments et ne comptait que sur la diète et le repos pour faire baisser la température de ses patientes. Heureusement pour nous, un infirmier d'origine alsacienne, qui avait été enrôlé de force dans l'armée allemande et parlait un peu le français, nous procura, moyennant finance, le seul remède connu contre le mal : une vodka de fabrication artisanale. Maman, Olga, ma grand-mère, notre gouvernante s'obligèrent à en boire de grosses rasades, à toute heure du jour, comme elles auraient ingurgité une potion.

Après une semaine et demie de ce traitement de cheval, elles guérirent.

Cependant, dès notre arrivée en Crimée, à Yalta, alors que nous nous figurions avoir définitivement échappé à l'étau bolchevique, une épreuve d'un autre genre nous fut imposée. Les troupes rouges, longtemps contenues par les blancs au-delà de l'isthme de Pérékop, étaient sur le point de forcer le verrou et d'envahir la péninsule. Là encore, nous avions mis tout notre espoir dans un bateau providentiel. Le dernier en partance pour Novorossiisk : un charbonnier du nom de *Rizeye*. Bien que nous fussions des retardataires, mon père se démena, distribua des pourboires exorbitants et obtint qu'on nous inscrivît en supplément sur la liste. Le *Rizeye* était un vieux rafiot dont la vocation n'était pas de transporter des passagers, mais de la houille et des matériaux de construction. Toute la cargaison humaine admise à bord avait été entassée dans la cale. Panneaux fermés ; pas de lumière ; une poussière noire et âcre suspendue dans l'air ; une odeur de charbon qui prenait à la gorge. En quittant le port, le bateau essuya une forte tempête. Secoués au milieu de leurs valises et de leurs balluchons, les voyageurs se cognaient épaule contre épaule, gémissaient et vomissaient à qui mieux mieux. On se passait des cuvettes, sans un mot, d'un groupe à l'autre. Toute notre famille, y compris papa, était malade. C'est dans un état proche de l'évanouissement que j'avais vu briller une lueur insolite dans les ténèbres. Un officier du bord, tenant un fanal à la main, venait nous avertir, d'un air consterné, que les marins, excités par la propagande révolutionnaire, s'étaient mutinés et qu'ils avaient l'intention de faire demi-tour, de débarquer les « bourgeois en fuite » à Sébastopol et de les livrer aux bolcheviks.

Une clameur indignée s'élève dans la foule à l'annonce de cette trahison. Mais, si tout le monde proteste, personne ne bouge pour tenter de conjurer le péril. Nous sommes un troupeau de moutons résignés au sacrifice. Moi-même, je n'ai plus qu'une envie : retrouver la terre ferme, guérir de mon mal de mer n'importe comment et n'importe où. Enfin, papa se dresse et, surmontant sa fatigue, se fraie un chemin à travers la multitude affalée et geignarde jusqu'au messager de mauvais augure. Il discute un moment avec l'officier, s'empare d'autorité de son fanal et ils grimpent tous deux par l'échelle verticale qui conduit au pont.

Peu après, papa revient et déclare d'une voix forte qu'à sa demande le comité des marins révoltés accepterait de ne pas jeter les otages en pâture aux bolcheviks. Toutefois, les mutins exigent un « dédommagement » en échange de leur « compréhension ». Les passagers débattent entre eux de la proposition, tandis que les vagues déchaînées résonnent contre les flancs du navire. Après dix minutes de palabres, on s'accorde sur un chiffre : on se cotise en maugréant ; les hommes mettent la main à la poche et papa, lesté de la somme convenue, retourne auprès du comité insurrectionnel. Le *Rizeye*, qui avait ralenti son allure pendant les pourparlers, reprend sa marche, à travers l'ouragan, vers Novorossiisk. Mon père se rassied parmi nous. A mes yeux, il est un héros. Il vient, seul contre tous, de vaincre l'armée bolchevique.

A Novorossiisk, il fallut encore chercher à se loger. Tous les hôtels étaient combles. Nous avons campé pour la nuit dans la salle à manger d'un palace, débarrassée de ses tables. Une fois encore, pour nous guérir de notre anxiété et du mal de mer qui avait affecté la famille, maman préconisa d'avoir recours à la vodka. Cette vodka qu'ils retrouvaient maintenant à Paris représentait avant tout, pour mes parents, un petit salut amical à leur patrie et à leur jeunesse. Maman avait communiqué à ses proches la recette miraculeuse de l'Alsacien. Papa déclarait à présent préférer la vodka qu'il confectionnait lui-même, selon ce procédé, à celle qu'on vendait dans les boutiques spécialisées. Sans doute était-ce en pensant aux effets curatifs de l'alcool russe qu'aujourd'hui encore on l'avalait si gaillardement chez nous, dans les grandes occasions. Je regrettais, à part moi, d'être trop jeune pour participer aux libations familiales. Mais déjà je me promettais, sitôt que j'aurais le gosier blindé, de faire honneur à cette eau de feu qui avait sa source en Russie. Je rêvais même de composer, quand je serais adulte, et après — bien sûr ! — l'achèvement du *Fils du satrape*, un poème à la gloire de cet élixir limpide, inodore, incolore, à la fois flamboyant et glacé, capable de redonner vie à un moribond.

J'ignore comment papa s'était débrouillé,

mais, malgré notre gêne, chacun d'entre nous eut droit, cette année-là, à un cadeau pour Noël. Olga reçut des chaussons de danse, maman un poudrier avec son miroir et sa houppette, Alexandre une pochette contenant des timbres-poste exotiques pour sa collection et moi un stylo « à plume en or ». Ce modeste et joyeux réveillon de réfugiés m'en rappelait un autre, empreint d'une angoisse mortelle. C'était à la fin de décembre 1919, à Novorossiisk, après notre embarquement sur le paquebot *Aphon* qui devait nous conduire à Constantinople. Nous avions pu croire un moment que nous avions évité tous les traquenards bolcheviques. Mais très vite il fallut déchanter. Par malchance, la température, généralement clémente dans cette région méridionale de la Russie, était tombée, depuis quelques jours, au-dessous de zéro. Un terrible vent de noroît soufflait sur la ville et la transformait en cité polaire. Le port était pris dans les glaces. Aucun navire ne pouvait appareiller. Notre vénérable rafiot était bourré à craquer d'émigrants anxieux. Et la canonnade, encore lointaine, se rapprochait d'heure en heure. Notre avenir était suspendu à l'arrivée du dégel. Quelques degrés de plus sur le thermomètre, et nous serions sauvés ! Après s'être longtemps désespérée et avoir beaucoup prié, ma mère disait : « Je commence à croire qu'il nous faudra fêter Noël sur le bateau..., à moins que ce ne soit entre les mains des bolcheviks ! » Pour ne pas m'abandonner à la morosité des grandes personnes, j'allais rejoindre, sur le pont, le groupe des enfants qui jouaient à la guerre civile. Nikita était un des plus actifs parmi les participants. Dans la distribution des rôles, il avait reçu celui de Trotski, commandant en chef des troupes rouges ; moi, j'étais le général Wrangel, héros des volontaires blancs. Le feu aux joues, je chantais à tue-tête *Dieu protège le tsar*, face aux autres « petits bourgeois » qui, afin d'obéir aux règles de la tuerie pour rire, braillaient *L'Internationale*. Bref, je m'amusais beaucoup, tout en ayant conscience de la tragédie qui menaçait de nous engloutir tous. Cependant, saisie par un vent aigre, la glace qui enserrait notre *Aphon* refusait de fondre et les nouvelles de la révolution devenaient de plus en plus alarmantes. C'était le capitaine du navire qui les annonçait le matin à l'aide d'un porte-voix, du haut de la passerelle, à la foule des passagers grelottants de froid et de peur.

Quand Noël arriva, nous étions encore à quai. Bien entendu, le manque de ravitaillement interdisait de fêter la naissance du Christ par les traditionnelles bombances. Toutefois, on nous avertit que, ce soir-là, un repas plus soigné que d'habitude serait offert dans la salle à manger commune. On assura même qu'il y aurait au menu des sardines de conserve et une tranche de pain « presque blanc » par personne. Malgré cette perspective alléchante, mes parents préférèrent réveillonner en famille, dans la cabine où nous étions entassés comme ces sardines qu'on promettait de nous servir en guise de joyeux médianoche. Pour agrémenter notre ordinaire, les marins de l'*Aphon* nous vendirent, au prix fort, des tablettes de chocolat qu'ils avaient pu se procurer auprès de l'équipage d'un destroyer anglais, lui aussi bloqué dans le port. Une branche de sapin plantée dans le goulot d'une bouteille et deux petites bougies allumées au milieu de la table donnaient à la cabine un air de fête. Par ordre du capitaine, il était défendu de descendre à terre, fût-ce pour entendre la messe. Nous étions, pour notre sécurité, consignés à bord. « Mon Dieu, répétait maman, aide-nous ! Fais que nous puissions quitter la Russie ! Nous ne demandons pas grand-chose : simplement que la glace fonde ! »

Le surlendemain, la glace fondit. Une lente débâcle ouvrit des chéneaux dans la couche de cristal qui emprisonnait la rade. Une équipe d'ouvriers se hâta de dégager le navire à coups de pioche. Des matelots sectionnèrent à la hache les câbles gelés qui attachaient encore le paquebot à la terre ferme ; les machines se mirent à bourdonner dans la carcasse d'acier brusquement réveillée ; les chaînes grincèrent sur les manchons des écubiers et l'*Aphon*, ayant levé l'ancre, tailla tranquillement sa route dans un couloir d'eau sombre et luisante. C'était le sauvetage in extremis de Tsaritsyne qui se renouvelait, non plus sur la Volga, mais sur les bords de la mer Noire. Déguisés en explorateurs des steppes arctiques, tous les passagers étaient réunis sur le pont. Tenant la main de ma mère, je regardais avec émerveillement les remous de l'hélice qui se propageaient très loin et soulevaient çà et là des dalles de neige dure. Des mouettes criaient de colère au-dessus de cette gigantesque dislocation. Quand nous eûmes dépassé le môle, ma mère et mon père se signèrent en silence. Ils disaient adieu à la Russie. Moi, sans le savoir encore, je disais bonjour à la France.

En contemplant mon stylo tout neuf, « à plume en or », je songeai que, si j'avais reçu le même cadeau à bord du vieux paquebot *Aphon*, je n'aurais même pas su qu'en faire. C'était depuis mon arrivée en France que la rage d'écrire m'avait saisi aux tripes. A qui, à quoi devais-je cette passion insolite ? Au climat exaltant d'un pays qui n'était pas le mien, à l'amitié d'un garçon qui pourtant fréquentait un autre lycée que moi et vivait dans l'aisance, alors que mes parents tiraient le diable par la queue, à la lecture de livres qui sans doute n'étaient pas de mon âge ou, plus simplement, au besoin incoercible de donner forme aux élucubrations les plus fumeuses de mon cerveau ? En tout cas, dès le lendemain, j'inaugurais le stylo en ajoutant quelques lignes au *Fils du satrape*.

Naïvement, je croyais que la plume en or enrichirait ma pensée et mon style. Mais bientôt je constatai qu'il n'en était rien. L'outillage n'était pas responsable de l'échec d'un artiste. Une simple plume sergent-major eût suffi pour transposer mes idées sur le papier. J'en conçus une certaine méfiance envers toutes les sortes de progrès. Cette méfiance n'a fait qu'augmenter avec le temps.

Je ne sais plus si c'est à cause des visites familiales consécutives aux fêtes de fin d'année ou par la faute de quelque autre obligation, toujours est-il que je laissai passer deux dimanches sans me rendre rue Spontini. Quand je retrouvai Nikita, il ne me demanda même pas les raisons de ma dérobade et ne parut nullement surpris de voir entre mes doigts le stylo de Noël. Nous nous remîmes à l'ouvrage comme si nous nous étions quittés la veille. Au vrai, notre entrain avait considérablement baissé. Ce travail qui hier encore nous semblait exaltant avait pour nous aujourd'hui le poids d'un pensum. Très vite, nous constatâmes que nous étions à court d'imagination. Nikita avait l'esprit ailleurs. Il vissait et dévissait machinalement le capuchon de son stylo et, à chaque instant, son regard courait du papier à la porte. De toute évidence, il attendait quelqu'un. Et je devinais qui !

Dès que Lili entra dans la pièce, il s'anima. Le jour se levait soudain dans les ténèbres de sa tête. Et, quand elle demanda où en était « la suite », il s'empressa de lui lire les dernières pages que nous avions rédigées. Elle les écouta avec une attention condescendante et les approuva du bout des lèvres. Les quelques mots qu'il lui adressa pour la remercier de son appréciation, « si indulgente et si utile », me parurent stupides. Manifestement, l'opinion de sa belle-sœur lui importait plus que la mienne. Je n'aurais pas été étonné d'apprendre que, après avoir été heureux de nos retrouvailles en France, il s'ennuyait un peu en ma compagnie. Heureusement, il y avait Lili entre nous. Nous bavardâmes tous trois de la pluie et du beau temps, ce qui sembla captiver Nikita davantage que nos propres discussions au sujet du *Fils du satrape*. Puis Lili nous emmena au salon pour la « leçon ». Elle dansait avec Nikita au son du phonographe et, affalé dans un fauteuil, je les regardais se donner complaisamment en spectacle. De temps à autre, elle m'offrait de prendre la place de mon ami. Je la rejoignais, par politesse, l'espace d'un fox-trot. Conduit par elle, je m'appliquais à ne pas perdre la mesure. Mais, durant cet exercice, je pensais moins à suivre la musique qu'à respirer la femme. Je croyais apprendre des pas de danse, et c'était tout autre chose que j'apprenais. En allant me rasseoir, mi-comblé, mi-désappointé, j'emportais dans ma retraite le souvenir du remuement cadencé de Lili contre moi et de ses banales paroles d'encouragement : « Attention, Lioulik, c'est un air à quatre temps !... Plus lentement... Là, là... Non, vous venez encore de vous tromper... Ah ! maintenant vous y êtes ! »

J'aurais bien dansé avec elle quelques minutes de plus. Mais déjà elle retournait à Nikita. Je trouvais qu'elle montrait avec lui un abandon excessif. Il y avait, me disais-je, dans l'ondulation harmonieuse de ses hanches, dans les mouvements provocants de son ventre, une comédie indécente dont elle m'avait privé. Sans doute était-ce parce qu'elle connaissait mieux Nikita qu'elle se comportait plus librement avec lui qu'avec moi qui, après tout, étais étranger à la famille.

Vers cinq heures de l'après-midi, nous fûmes interrompus par l'arrivée d'Anatole. Il revenait

parfois ainsi, sans avertir, à Paris, entre deux
tournées en province. Son incorrigible gaieté
eût fait croire qu'il ne buvait, du matin au soir,
que ce prestigieux champagne qu'il était censé
représenter. Après les premiers baisers de bien-
venue, Lili passa des bras de son beau-frère à
ceux de son mari. En les observant, je pus
apprécier la différence entre une femme qui
danse pour son plaisir, comme elle le ferait
seule devant une glace, et celle qui cherche à
allumer le désir d'un homme. Avec moi, avec
Nikita, ç'avait été un divertissement ; avec Anatole, c'était du sérieux. Collée contre lui, elle se
tortillait, plongeait dans les yeux de son parte-
naire, entrouvrait les lèvres à portée de son
souffle, telle une assoiffée. Et Anatole répondait
avec un égal entrain aux sollicitations du jeu.
Leurs frottements rythmés m'excitaient et me
répugnaient tout ensemble. Je ne pouvais en
détacher les regards et je me méprisais de
prendre goût à cette singerie d'adultes. Nikita,
lui aussi, paraissait agacé par le gigotement de
son demi-frère et de sa belle-sœur. Ils enchaînaient un disque sur l'autre. Je fus soulagé
quand je les vis s'embrasser sur la bouche. Je
croyais que c'était la fin de leurs ébats. Mais Lili
alla chercher d'autres disques dans un casier.
Pendant qu'elle faisait son choix en consultant
les étiquettes, Anatole lui demanda où en était
notre *Fils du satrape*.

— Il avance cahin-caha ! dit-elle.
— Et c'est bon ?
— Ce n'est pas inintéressant..., répondit Lili

avec une moue indécise. Et puis, ils n'ont pas le couteau sur la gorge ! Ils ont le temps !...

C'est alors qu'Anatole fit un mauvais jeu de mots sur *Le Fils du satrape* et une maladie honteuse « qui s'attrape ». Lili éclata de rire et se pendit à son bras. Je fus blessé par le calembour idiot d'Anatole, comme s'il avait craché sur un tableau dans un musée. Je ne comprenais pas que Lili et même Nikita eussent l'air amusés par cette vile plaisanterie. Etaient-ils de la même race que cet imbécile, alors que je les croyais proches de moi ? Lili dansa un autre fox-trot et un tango avec son mari. Puis, subitement, ils furent pressés de partir. On eût dit qu'ils avaient oublié un rendez-vous urgent. Visiblement, ils étaient impatients de se retrouver chez eux, entre quatre murs. Et il était peu probable que ce fût pour danser encore.

Après qu'ils se furent éclipsés, avec une hâte suspecte, Nikita et moi remontâmes dans la chambre. Nos paperasses habituelles nous attendaient sur la table. Nikita les feuilleta d'une main indolente et demanda :

— Tu as trouvé quelque chose de nouveau pour le bouquin ?

— Non. Et toi ?

— Moi non plus. A mon avis, il bat drôlement de l'aile, notre *Satrape* !

Je le regardai droit dans les yeux avec intransigeance et posai la question qui me tourmentait depuis bientôt trois semaines :

— Dis-le carrément : tu voudrais tout plaquer ?

— Non, non, balbutia-t-il. Mais, comme dit Lili, nous avons le temps...

— Tu l'écoutes beaucoup, Lili !

— Oui. Ça te gêne ?

— Pas du tout, assurai-je lâchement.

— Elle est de bon conseil, tu sais, reprit-il.

— Ton frère aussi est de bon conseil !

— Non, lui, c'est un ballot ! grommela Nikita.

— En tout cas, dis-je avec ironie, si Lili ne nous a pas appris à écrire pour *Le Fils du satrape*, elle nous aura appris à danser...

Ne sachant si je me moquais de lui et de sa belle-sœur ou si je parlais sincèrement, il marmonna :

— C'est ça !... D'ailleurs, elle a raison : à notre âge, il faut absolument savoir danser.

— Tout le monde sait danser, répliquai-je, mais peu de gens savent écrire ! Et nous deux, j'ai l'impression que nous ne saurons jamais ni danser ni écrire !

A ces mots, une fureur incompréhensible s'empara de Nikita. Etait-ce contre moi qu'il en avait, ou contre son demi-frère, ou contre Lili ? Les yeux hors de la tête, la bouche tordue, il vociféra :

— Qu'est-ce que t'as, mon vieux ? T'es pas content de notre journée ?

— Il y a un peu de ça, répondis-je sans me démonter. Je trouve que nous séchons lamentablement sur notre histoire... A croire que nous traversons une mauvaise passe...

— Ça arrive à tous les écrivains... Même maman, quelquefois, dit qu'elle n'a plus le feu sacré...

Il s'était radouci. Nous nous rassîmes devant notre manuscrit en panne. Et nous méditâmes sur notre juvénile impuissance. La plume en suspens, le regard perdu au loin, j'assistais, sans réagir, au combat que se livraient en moi les héros que nous avions imaginés et les personnages de notre existence quotidienne, la fiction et la vie, l'écriture et la danse, le fils du satrape et Lili. Qui aurait le dessus ? J'étais incapable de le dire. Et, d'ailleurs, cela ne m'intéressait plus. La page blanche me fascinait. Bizarrement, j'avais l'impression que ce serait elle qui déciderait, le moment venu, si je devais être écrivain, comme je l'avais follement espéré, ou clochard, comme je persistais à le craindre. Pour meubler le silence, nous échangeâmes des réflexions de potaches sur les récents échos de nos deux lycées. Sans l'avoir voulu, après nous être égarés chez les gens d'âge mûr et de métier affirmé, nous retrouvions nos places sur les bancs de l'école.

La semaine suivante, je m'astreignis à relire les dernières pages de notre brouillon du *Fils du satrape* pour me remettre dans le bain. Une phrase de la version proposée par Nikita me laissa perplexe. Evoquant une scène d'amour entre notre héros, Tchass, et sa fiancée, il avait écrit : « Il la dévora de baisers et elle les lui rendit au centuple. » La formule me paraissait mal venue et même ridicule. Cette compétition d'embrassades, bouche contre bouche, ne prêterait-elle pas à rire dans le clan des lecteurs avertis ? Incapable de résoudre la question en connaissance de cause, j'attendis notre rendez-vous habituel du dimanche pour en parler à Nikita. Il s'étonna de mon hésitation :

— Qu'est-ce qui te chipote dans cette phrase ? demanda-t-il.

— Je la trouve cucul !

— Cucul toi-même, mon vieux ! s'écria-t-il. Ce que j'ai écrit, c'est tout à fait ce qui se passe dans la vie !

En disant cela, il avait le même visage, à la fois studieux et excité, que pendant ses leçons de danse avec Lili. Conscient de n'avoir aucun droit à la critique dans le domaine des relations amoureuses, je n'insistai pas. Pourtant, je n'étais qu'à moitié convaincu. De retour à la maison, je voulus avoir l'opinion de mon frère sur le passage incriminé. Bien qu'étant un scientifique, Choura avait, de par ses seize ans et demi, une autorité très supérieure à la mienne en la matière. Après avoir pris connaissance du texte de Nikita, il ricana :

— Et alors ? Ça ne fait pas un pli, son truc !

— Tu ne trouves pas ça un peu exagéré, les baisers rendus « au centuple » ?

— Pas du tout ! Il aurait même dû en mettre plus !

Notre conversation aurait pu s'arrêter là. Mais Choura était en veine de confidences. Sans m'en rendre compte, je lui avais tendu une perche. Comme je murmurais en conclusion : « Enfin, ce n'était peut-être pas la peine de délayer ça dans un bouquin ! » il me coupa la parole :

— Pourquoi pas, puisque ça existe ! Tout le monde est passé par là !

Devant tant d'assurance, je lui demandai carrément :

— Même toi ?

— Eh oui, mon petit vieux !

Et il précisa, en clignant de l'œil :

— Tant qu'on ne l'a pas fait, on ne peut pas savoir !

Je devinai qu'il avait sauté le pas. Comment avais-je pu croire qu'il n'avait d'autre passion que les chiffres ? Derrière son tableau noir, se profilaient des jeunes filles en chair et en os, peut-être même des femmes ! Cette pensée me remplissait d'admiration et d'incrédulité. Manifestement, Alexandre n'était plus tout à fait Choura. Ni même plus tout à fait puceau. A seize ans et quelques mois, il avait accompli un exploit qui me renvoyait très loin dans les abîmes de l'ignorance.

— Quand l'as-tu fait ? demandai-je à mi-voix, par crainte d'être entendu à travers la porte.

— Il y a quinze jours, répondit-il d'un ton négligent.

— Avec qui ?

Alexandre mit un doigt sur ses lèvres closes pour signifier qu'il préférait garder le secret. Je revins à la charge :

— Personne ne le sait, à la maison ?

— Personne, sauf toi.

— Et tu es amoureux ?

— Il n'est pas nécessaire d'être amoureux pour consommer, dit-il cyniquement ; il suffit quelquefois de mettre la main à la poche.

— Tu as payé ?

— Oui... Un prix d'ami... On était entre

copains... Ils avaient une adresse, on y est allés... On a bien rigolé !

Il rigolait encore. J'étais consterné de sa paillardise et jaloux de sa compétence. Je me rappelai qu'au début du mois il avait vendu sa collection de timbres-poste à un marchand qui tenait boutique en plein vent dans les jardins des Champs-Elysées. Sans doute était-ce avec cet argent qu'il avait réglé les services professionnels de son initiatrice. L'année précédente, papa s'était, lui aussi, séparé d'un objet auquel il tenait — une grosse chevalière en or, rapportée de Russie —, mais c'était pour un motif plus avouable. Il s'agissait de payer l'opération de l'appendicite nécessitée par l'état de mon frère. Pour plus de sûreté, il s'était adressé à un chirurgien russe. Une sommité moscovite qui, pour pouvoir exercer en France, avait dû repasser des examens comme un simple étudiant en médecine. Ce compatriote au bistouri infaillible avait accepté des règlements échelonnés. L'intervention s'était bien sûr déroulée sous anesthésie. On avait endormi Alexandre avec un masque au chloroforme avant de le charcuter. Il n'avait rien senti. Cependant, quand nous étions allés le voir en famille, à la clinique, il était encore sous le choc. Il se plaignait de nausées. Ses idées étaient confuses. Evoquant cette première entrevue avec lui après qu'il eut repris conscience, je lui demandai s'il en était de même quand on sortait des bras d'une femme. Il éclata de rire :

— Au contraire ! On est remonté à bloc ! On

voudrait recommencer ! Mais ce n'est pas toujours possible...

Ma curiosité fut si vivement piquée par cette
affirmation que je questionnai encore :

— Comment était-elle ?

— Qui ?

— Celle avec qui tu t'es envoyé en l'air ?...
Elle était belle ?

— Même pas !

J'étais déçu :

— Et malgré ça ?...

— Parfaitement !... Crois-moi : il n'est pas
indispensable qu'elle soit belle... Evidemment,
ça vaut mieux qu'une mocheté ! Mais on peut
s'arranger de tout, dans ces moments-là ! Tu
verras, quand ce sera ton tour !...

Je n'étais pas pressé de le suivre sur ce terrain. Il m'était difficile d'imaginer que ma mère,
ma sœur, ma grand-mère, Mlle Hortense Boileau, mon père, mes professeurs de lycée
avaient connu les mêmes émois que ceux dont
Alexandre se plaisait à m'entretenir et dont
Nikita et moi tentions de suggérer les délices
dans *Le Fils du satrape*. Brusquement, l'univers
entier me parut peuplé d'animaux aux visages
humains. J'étais moi-même un de ces animaux.
Une pelote d'instincts primitifs, avec des
manières de garçon bien élevé. Et je n'en avais
pas honte. Je me découvrais tour à tour attiré
et repoussé par l'envie d'en savoir plus. Partagé
entre le besoin de me blottir dans l'enfance et
le sentiment de manquer l'essentiel en m'y réfu-
giant, je finissais par me dire que la seule façon
pour moi d'être heureux, c'était de ne fréquen-

ter que des camarades de mon âge et de ma condition. Il est probable qu'Alexandre avait deviné le fond de ma pensée, car, sans dire un mot, il retourna à ses calculs, devant le tableau noir. La séance d'éducation fraternelle était finie. J'avais de nouveau treize ans et lui bientôt dix-sept. Nos routes se séparaient.

En retournant rue Spontini, quelques jours plus tard, je fis part à Nikita de la « grande conversation » que j'avais eue avec mon frère. Je lui avouai que, bizarrement, les révélations d'Alexandre avaient refroidi mon enthousiasme d'écrivain. Peut-être, dis-je, aurions-nous intérêt à passer par la même initiation que lui — celle du dépucelage — pour écrire une histoire où l'amour était censé tenir une place dominante ? Cette remarque fut jugée tellement absurde par mon ami qu'il s'en tapa les cuisses. D'après lui, un écrivain authentique — et il nous considérait comme tels ! — pouvait parfaitement imaginer les différentes phases du plaisir physique. Il suffisait qu'il en eût connu les « prémices ». Intrigué, je lui demandai la signification exacte de ce mot. Comme pour le mot « satrape », Nikita eut recours au dictionnaire et me lut la définition. Apprenant que les « prémices » désignaient aussi bien les premiers produits de la terre que les premiers élans du cœur, je me rassurai. Emporté par la conviction de mon « collaborateur », je reconnus même qu'en effet, dans certains cas, l'imagination suppléait avantageusement à l'expérience. Toutefois, dès que je n'eus plus sous les yeux la bouille sympathique de Nikita, je fus repris par le va-et-vient des doutes.

Tout au long de la semaine, j'eus l'impression qu'il s'éloignait de moi, que nous obéissions à deux courants contraires, qu'il voguait insensiblement vers des terres inconnues, alors que je restais fidèle aux rivages de mon enfance, avec mes parents au centre, mon frère et ma sœur un peu en retrait. Je n'étais plus aussi impatient de revoir Nikita et, en même temps, l'idée d'une épreuve physique inéluctable et indispensable hantait mes nuits. Je songeais à cette ultime étape comme à un bachot supplémentaire qu'il fallait décrocher coûte que coûte pour accéder au statut de mâle adulte et bien informé. Sans doute y avait-il, lors de cette échéance, des « reçus » et des « recalés ». Et c'étaient des femmes, comme Lili, comme Olga, qui tenaient le rôle d'examinatrices et distribuaient les diplômes. Dans cette perspective, mes conciliabules hebdomadaires avec Nikita et mon travail sur *Le Fils du satrape* m'apparaissaient comme des tests préparatoires, des devoirs de vacances, une sorte de bachotage en attendant le « grand jour ». Il m'arrivait, la nuit, d'avoir des visions étranges. Je rêvais de nudités féminines, de danses ventre à ventre avec des inconnues, de caresses d'autant plus suaves qu'elles m'étaient accordées sans contrepartie.

Souvent, je repassais en mémoire, pour le plaisir d'une divagation solitaire, des reproductions de tableaux que j'avais aperçues dans de vieux numéros de *L'Illustration*. Nymphes offrant leurs seins d'albâtre à quelque dieu de l'Olympe, croupes rebondies, nombrils coquins, aisselles prometteuses, je les laissais défiler dans ma tête pour une somptueuse revue de détail. Ma préférence, dans ce harem pictural, allait à *La Naissance de Vénus*, par Botticelli. J'aimais cette créature entièrement nue, à la candeur capiteuse, dont les pieds reposaient sur une énorme coquille et qui d'une main se voilait à demi la poitrine tandis que de l'autre, chastement appliquée devant son entrecuisse, elle dissimulait, sous la retombée de sa longue chevelure, le lieu béni de toutes les convoitises masculines. Cependant — chose curieuse —, plus encore que ces anatomies impudiquement dévoilées, c'étaient les souvenirs de certaines phrases relevées lors de mes lectures qui excitaient mon imagination. Les yeux fermés, je me récitais parfois un vers de Racine, et cela suffisait à m'enflammer. En évoquant une femme « dans le simple appareil d'une beauté qu'on vient d'arracher au sommeil », il me semblait que je soulevais un drap et découvrais un corps à la chair paisible, tiède, radieuse. N'était-ce pas une preuve du pouvoir magique des mots sur l'esprit du lecteur ? Ne devais-je pas me pénétrer de cette évidence pour continuer à écrire *Le Fils du satrape* ? Quant au meilleur moyen de chasser l'obsession voluptueuse qui me titillait parfois, il était simple : je n'avais qu'à penser très fort à ma sœur. L'effet était aussi immédiat que si j'avais jeté un seau d'eau sur un brasier. Mes mirages s'évanouissaient, mon désir retombait, je redevenais moi-même. Ainsi délivré et appauvri, j'attendais ma pro-

chaine visite à Nikita avec philosophie, comme
s'il avait été l'oracle de ma génération.

Le dimanche suivant, quand je retournai rue
Spontini, ce fut un Nikita méconnaissable qui
me reçut dans sa chambre. La face élargie par
un sourire victorieux, il semblait avoir gagné à
la loterie. Son secret le gonflait, l'étouffait. La
porte refermée, et sans même jeter un regard
sur le manuscrit du *Fils du satrape* que je lui
rapportais, il s'exclama :

— Ça y est !

— Quoi ?

— Eh bien, mais ce que tu penses !

Je me sentis trahi dans mon amitié. Il était
passé sinon à l'ennemi, du moins dans la cour
des grands. Ma solitude me glaça en même
temps que m'accablait la notion d'une triste différence, due autant à mon âge qu'à mon caractère.

— Avec qui ? demandai-je brièvement.

Il porta deux doigts recourbés en pince
devant sa bouche, comme pour la cadenasser.

— Secret d'Etat ! siffla-t-il.

— Mais ton impression ?

— Formidable ! Le septième ciel ! Et même au-
delà !

Sûrement, il en rajoutait pour me faire bis-
quer. Me forçant à l'indifférence, je dis encore :

— Ça t'a coûté combien ?

Il fit claquer légèrement l'ongle de son pouce
contre une de ses dents :

— Pas un sou !

Instruit par les confidences de mon frère,
j'estimai d'abord que Nikita me mentait pour se

faire valoir. Puis je me dis que, décidément, il tenait de son père. Les Voïevodoff avaient toujours su se débrouiller pour rafler la mise en ne jouant que des haricots.

— Tu me raconteras ça ! dis-je ironiquement.

— Non, répondit Nikita. Je réserve mes impressions à notre bouquin.

— Parce que tu as l'intention de le continuer ?

— Bien sûr ! Pas toi ?

— J'hésite. Je crois que nous devrions souffler un peu, réfléchir...

— Bref, tu te dégonfles ?

Je l'assurai que non. Mais, à part moi, je me demandais sérieusement si le fait qu'un de nous ait été dépucelé n'allait pas nous priver tous les deux des merveilleuses ressources de l'imagination. Peut-être les plus grands écrivains étaient-ils ceux qui s'étaient abstenus, leur vie durant, de toucher une femme ? Peut-être fallait-il rester puceau jusqu'à l'extrême vieillesse pour garder dans sa tête la dose de naïveté et de liberté nécessaire à la création ?

Dès les jours suivants, la routine scolaire eut raison de mes états d'âme. Pour me consoler des difficultés rencontrées pendant la rédaction du *Fils du satrape*, je tentai de donner ma mesure dans un banal devoir de français. Il s'agissait d'une de ces lettres « bidons » chères aux professeurs de littérature, adressées par l'ombre de Boileau à l'ombre de Racine pour lui recommander la modération dans le choix de ses sujets de tragédie, car « plus une œuvre d'art est plausible, plus elle a de chances d'émouvoir ». Le souvenir oppressant de ma gouvernante me rendait partial à l'égard de l'ennuyeux auteur de *L'Art poétique*. Dans mon esprit, Mlle Hortense Boileau était plus que jamais une réincarnation de Nicolas Boileau. Malgré moi, je me sentais appelé à critiquer l'assurance dogmatique de celui-ci. Pour mieux l'accabler, je glissai, dans ma dissertation, certains de ses aphorismes les plus célèbres, que j'avais cueillis au cours de mes lectures : « Rien n'est beau que le vrai, le vrai seul est aimable », et ce cri du cœur qui, pensais-je, le peignait tout entier : « Avant donc que d'écrire, apprenez à penser ! » Ma copie, torchée d'un seul élan, fut un plaidoyer pour la fantaisie en littérature. Comme j'aurais dû m'y attendre, cette prise de position ne fut pas du goût de mon professeur, M. Etienne Korf, qui était partisan de la sagesse et de la tradition. Je reçus un 9 sur 20 et mon devoir me fut rendu avec, en marge, une sentence tracée à l'encre rouge : « Vous n'avez pas traité le sujet. Citations correctes. Mais déplorable facilité. » Ce verdict me laissa perplexe. Que signifiait-il au juste ? Etait-ce mon style qui était trop relâché ou mon imagination trop fertile ? Les deux, à coup sûr ! M. Etienne Korf se vantait d'avoir le jugement droit et la dent acérée. Qu'aurait-il dit s'il avait pu lire les premières pages du *Fils du satrape* ? Je me demandai si je ne devais pas lui soumettre notre manuscrit pour en avoir le cœur net, comme Racine, disait-on, avait quêté jadis l'approbation de cette bûche de Boileau.

Excité par cette idée, je résolus d'en faire part

à Nikita. Nous n'avions pas le téléphone dans notre appartement de l'avenue Sainte-Foy. Une telle installation eût coûté trop cher. Chaque fois qu'un de nous voulait « appeler l'extérieur », il se rendait dans la cabine téléphonique du bistrot le plus proche. C'est ce que je fis, un jour, en rentrant du lycée. La sonnerie retentit longtemps chez les Voïevodoff. Enfin, une voix inconnue me répondit. J'appris avec stupeur que Nikita n'était pas là, qu'il ne serait même pas de retour ce soir et qu'aucun membre de sa famille ne pouvait venir à l'appareil pour mieux me renseigner.

Une fois à la maison, je ruminai toutes sortes d'hypothèses, mais ce n'est qu'au cours du dîner familial que je parlai de mon inquiétude à mes parents. Papa s'arrêta de manger, la fourchette en suspens, me regarda avec intensité et dit :

— Je pensais bien que tu ne tarderais pas à savoir... Les Voïevodoff ont les pires ennuis !... S'ils n'ont pas répondu au téléphone, c'est que le père Voïevodoff a été obligé de s'enfuir !

Je crus d'abord que papa plaisantait.

— Comment ça, de s'enfuir ? balbutiai-je. Et pourquoi ?

— Que veux-tu ? soupira papa, ça devait arriver ! A force de rouler les gens, il s'est fait prendre. Sur le point d'être arrêté par la police, il a préféré déguerpir...

— Où est-il ?

— Je suppose qu'il se cache en Belgique.

— Seul ?

— Non. Avec toute sa famille. Quel scandale dans l'émigration ! Les malheureux qu'il a ruinés veulent se réunir pour porter plainte. Mais, de l'autre côté de la frontière, il s'en moque ! Une fois de plus, il s'en tirera, grâce à quelques entourloupettes juridiques...

— Et Nikita ?

— Il a suivi son père, sa mère, son demi-frère et sa belle-sœur... La tribu est là-bas, au complet ! Ils ont déménagé de nuit... En douce... Ils ont tout laissé rue Spontini...

— Qu'appelles-tu « tout » ? interrogea maman.

— Tout, quoi ! Les meubles, la vaisselle...

En essayant de me représenter le naufrage des Voïevodoff, je songeais à la bibliothèque de Nikita, puis soudain, de façon absurde, ce furent les petits porte-couteau en argent, que j'avais tant admirés à table, qui se rappelèrent à mon souvenir. _Le Fils du satrape_ ne me revint qu'en troisième lieu. Nikita avait-il pensé à emporter le manuscrit ? Je n'en avais, à la maison, qu'un brouillon informe. Il fallait à tout prix récupérer l'original. Pour quoi faire ? Pour continuer d'écrire cette histoire à laquelle ni lui ni moi ne croyions plus ? J'étais au bord du désespoir. Mais qui regrettais-je le plus : Nikita ou le fils du satrape ? A tout hasard, je demandai :

— On connaît leur adresse ?

— Penses-tu ! dit papa. Ils sont là-bas incognito. Oh ! je ne me fais pas de souci pour eux ! Georges Voïevodoff est un sacré roublard ! Il a certainement expédié ses capitaux en lieu sûr avant qu'on ne le coince. Après avoir berné les Russes de France, il bernera ceux de Belgique. Et Anatole vendra sa piquette, abusivement baptisée champagne, aux gogos belges après en avoir abreuvé les gogos français. Je parie que, dans un an ou deux, toute cette aimable compagnie de combinards sera de nouveau à flot !

Je tenais rigueur à papa de sa jubilation devant la déconfiture des Voïevodoff. Mais, en même temps, je comprenais que lui, qui avait tout perdu sans avoir rien à se reprocher, en voulût à ceux qui avaient tout gagné sans avoir rien fait d'autre que spéculer sur la candeur de leurs compatriotes. Victime de la politique, de la guerre, de la révolution, de l'exil, la moindre réussite, hors de la Russie, lui semblait une offense à son passé d'honnêteté. « Pourvu que je ne devienne pas un jour comme lui ! » me disais-je.

Ce soir-là, en rejoignant Alexandre dans notre chambre, j'évitai de lui parler des déboires de la famille Voïevodoff. D'ailleurs, il n'y attachait aucune importance. Manifestement, ses préoccupations se situaient à mille lieues des miennes. Couché dans mon lit, je le regardais aligner, comme de coutume, des équations sur le tableau noir. De même que mon univers était le rêve éveillé, le vagabondage littéraire, le sien était le commerce avec les chiffres, la rigueur scientifique, les solides évidences du deux et deux font quatre. Les événements de ces derniers jours n'avaient rien modifié dans sa vie ; ni dans la vie de ma sœur, qui venait de rentrer d'une répétition, la tête pleine d'arabesques, de pirouettes, de fouettés et de jetés-battus ; ni dans la vie de papa, qui, sitôt la table débarras-

sée, s'était replongé dans la lecture des journaux de l'émigration et le classement de ses
vieux documents comptables ; ni dans la vie de
maman, qui, comme tous les soirs, ravaudait le
linge de la maisonnée ; ni dans la vie de
Mlle Hortense Boileau, qui cherchait toujours
une place de gouvernante et envoyait aux
quatre coins de la France des lettres calligra-
phiées pour proposer ses services à un prix raisonnable ; ni dans la vie de grand-mère, qui
continuait à se demander pourquoi nous ne
retournions pas à Moscou, où nous avions une
grande maison, avec beaucoup de domestiques.
Pour moi seul, il y avait eu un bouleversement
dans les habitudes. Avec le départ de Nikita, je
me sentais exilé pour la seconde fois. J'avais
changé de pays sans que personne autour de
moi s'en aperçût. Si je voulais survivre au choc,
tout dans mon emploi du temps serait à réap-
prendre, à remplacer, à réinventer : les visites
amicales du dimanche, le choix d'un nouveau
but dans l'existence, peut-être même le goût
d'écrire...

Il me fallut beaucoup de courage pour retourner en classe, le lendemain. J'étais en deuil de
Nikita. Et un peu du *Fils du satrape*. Puis, jour
après jour, la routine scolaire eut raison de mon
désarroi d'apprenti romancier. A tout hasard,
j'écrivis à Nikita, rue Spontini, avec la mention
« Prière de faire suivre » et l'indication de ma
propre adresse au dos de l'enveloppe. Par précaution, je renouvelai l'envoi à trois reprises.
Les trois lettres me revinrent non distribuées :
« N'habite pas à l'adresse indiquée », me signa-

lait la poste. La confirmation de cette absence
acheva de me décourager.

Au bout de quelque temps, je me résignai. A
force de me creuser le cerveau, je compris que
je devais chercher ailleurs un exutoire à mon
besoin d'amitié, de confidences et de projets
artistiques. Après avoir longtemps dédaigné
mes camarades du lycée Pasteur, j'en découvris
quelques-uns qui partageaient mon amour de la
littérature. Romans, poèmes, théâtre, nous
lisions pêle-mêle tout ce qui nous tombait sous
la main ; nous critiquions sous cape les préfé-
rences ultra-classiques de notre professeur ;
certains d'entre nous rêvaient même d'imiter,
plus tard, les écrivains dont les noms passaient
dans les journaux. Je proposai à mes nouveaux
amis de reprendre avec moi la rédaction du *Fils
du satrape*. Le projet n'intéressa personne. Moi-
même, du reste, je n'étais plus sûr de vouloir le
mener à terme. Commencé dans l'enthousiasme, *Le Fils du satrape* finit en eau de bou-
din.

Je constatai également que, avec le départ de
Nikita et mon renoncement aux élucubrations
romanesques de la rue Spontini, mes hantises
amoureuses s'effaçaient une à une, sans que
j'en eusse le moindre regret. En disparaissant
de mon horizon, *Le Fils du satrape* avait
emmené avec lui toutes les femmes imaginaires
qui avaient peuplé mes insomnies. Je me
retrouvais, par miracle, épuré, détaché de tout,
« sage comme une image », selon l'affreuse
expression de Mlle Hortense Boileau.

D'un mois à l'autre, je prenais goût aux

études. Mon passage dans la classe supérieure
s'effectua chaque fois sans encombre. Que ce
fût en cinquième, en quatrième ou en troisième, je décrochai, pour le français du moins,
des notes flatteuses. A la maison, je faisais
figure de « littéraire ». J'affirmais sans sour-
ciller que mon ambition, pour les prochaines
années, était d'écrire des livres. Peu importait
le sujet. Rien ne valait, à mes yeux, le vertige qui
me saisissait à la vue du texte d'un inconnu,
conçu sans penser à moi et qui, cependant,
m'était mystérieusement destiné. Il me suffisait
de respirer l'odeur d'une page imprimée pour
décoller aussitôt vers des hauteurs ignorées du
commun des mortels. Sensible à cette magie, je
voulais devenir moi-même un magicien. J'en
arrivais à croire que le monde entier n'avait été
créé par Dieu que pour me permettre de le
recréer dans mes récits. Je ne savais pas comment m'y prendre, les mots me manquaient,
mais l'envie de raconter était là, obsédante.
D'ailleurs, chacun dans la famille suivait sa voie
sans s'occuper des autres. Mon frère volait de
succès en succès dans la sphère, inaccessible
pour moi, des mathématiques. Ma sœur signait
un contrat pour une tournée aux Etats-Unis et
y partait, radieuse, avec la petite troupe qui se
produisait naguère à l'Athéna Palace. Ma
grand-mère, dont la santé déclinait rapidement
et qu'on était obligé de nourrir à la cuillère,
était admise dans une maison de retraite pour
émigrés russes. Mlle Hortense Boileau obtenait
enfin une place d'institutrice chez des particu-
liers, à Bordeaux. Je saluai son départ avec un

soulagement mêlé de tristesse. Elle avait été pour moi, durant toute mon enfance, une odieuse rabat-joie, mais aussi le témoin privilégié des principaux événements de notre famille. N'allions-nous pas la regretter ? Peu après, ma grand-mère s'éteignit, solitaire, sans avoir recouvré la raison. A sa disparition, je m'étonnai de la place qu'elle avait tenue parmi nous, alors que, la plupart du temps, elle nous écoutait sans nous comprendre. Elle était née à Armavir, dans le Caucase. Nous l'enterrâmes dans le cimetière de Neuilly-sur-Seine. Jusqu'à la fin, elle n'avait pas eu conscience du chemin parcouru.

Ce fut une semaine après ses obsèques, toutes simples, que papa, profitant de notre réunion à table pour le dîner, me parla de nouveau des Voïevodoff. Selon ses renseignements, ils avaient quitté Bruxelles après la mort d'Anatole. Celui-ci, disait-il, s'était tué en voiture, quatre mois auparavant, pendant un de ses voyages de représentant en champagne.

— Ils viennent d'arriver aux Etats-Unis, précisa papa. On raconte qu'ils se sont fixés à New York.

Cette révélation tomba sur moi comme la foudre. Je faillis avaler de travers le céleri rémoulade que je portais à ma bouche.

— Avec Nikita ? demandai-je enfin.

A ces mots, le visage de papa se raidit, fermé par un déclic. Une moue de mépris plissa ses lèvres sous la moustache grisonnante.

— Non, grommela-t-il. Nikita n'est pas avec eux.

— Et avec qui est-il ?

— Il est resté en Belgique.

— Seul ?

— Pas tout à fait, répondit papa avec un mince sourire.

— Comment ça ?

Le regard de papa étincela de colère. On eût dit qu'il me rendait responsable du déshonneur des Voïevodoff.

— Il vit avec la veuve de son demi-frère, prononça-t-il en détachant chaque mot pour que je n'en perde pas une syllabe.

Je restai une seconde muet ; puis j'osai protester faiblement :

— C'est..., c'est impossible !... Il a dix-sept ans à peine ! Et Lili doit en avoir trente-cinq !

— Il y a des femmes pour qui la différence d'âge est un attrait de plus. Je ne connais pas personnellement cette Lili, mais ce que j'entends dire par ceux qui l'ont approchée me persuade qu'elle est de cette espèce-là. Bien entendu, toute la colonie russe, à Paris comme à Bruxelles, est scandalisée. Personne ne veut plus recevoir cette créature, ni même la fréquenter. Je ne sais de quoi Nikita et elle vivent en Belgique. Peut-être fait-elle commerce de ses charmes. Il paraît qu'elle est très libre de manières et de mentalité !

— Quelle ignominie ! s'écria maman. Et on ne peut rien faire pour empêcher ça ? Peut-être faudrait-il écrire aux parents de Nikita ? Sont-ils seulement au courant ?

— Ne te mêle donc pas de cette lamentable affaire ! trancha papa.

Mais maman insistait :

— Ils ne vont tout de même pas se marier ?

— Non, non ! répondit papa. Nikita n'est pas majeur. Il faudrait une dispense... Mais dans quatre ou cinq ans..., pourquoi pas ?

Alexandre voulut donner lui aussi son avis. Il décréta :

— De toute façon, ça ne peut pas durer ! Elle est trop vieille ! Et lui, il aura sûrement de meilleures occasions dans la vie...

Tandis qu'ils discutaient, je descendais de plus en plus profondément dans l'étonnement, l'indécision et la solitude. Je trouvai cependant la force de demander à papa :

— Tu as leur adresse ?

— Même si je l'avais, je ne te la donnerais pas, répliqua-t-il tranquillement.

— Pourquoi ? Nikita est mon ami !

— Après toutes ces histoires sordides, il ne devrait plus l'être !

Cinq minutes plus tard, prétextant un brusque malaise, je quittai la table.

VII

LE DERNIER
REBONDISSEMENT

Je croyais en avoir fini avec Nikita et *Le Fils du satrape*. En effet, peu à peu, des préoccupations plus pressantes, plus raisonnables surtout, m'accaparèrent. D'une année à l'autre, je me détachais davantage de mon enfance rêveuse pour me consacrer aux études. Pourtant, je ne renonçais pas à laisser courir ma plume sur le papier pour mon seul plaisir. A côté de mes devoirs de classe, je griffonnais de courts récits que je montrais à des camarades en regrettant de ne pouvoir solliciter l'avis de l'inaccessible, de l'irremplaçable Nikita. En son absence, une étrange métamorphose, que nous n'avions prévue ni l'un ni l'autre, m'éloigna de mes ambitions du début. Au fil de mes lectures, je découvrais le charme vertigineux de la poésie et dédaignais la prose qui me paraissait indigne d'exprimer les émotions extrêmes qui me tourmentaient. Qu'il s'agît de Musset, de Victor Hugo, de Vigny ou de Lamartine, les grands romantiques me prenaient sous leur aile. Gagné par l'émulation, je m'évertuais moi aussi à traduire les élans de mon cœur en octosyllabes ou en alexandrins. Un dictionnaire de rimes, acheté d'occasion sur mes économies, était devenu mon livre de chevet. J'y puisais à tout moment pour enrichir ma versification balbutiante. Même mes devoirs de français, quel qu'en fût le sujet, avaient droit à ce traitement de faveur. Notre professeur, qui par bonheur était l'excellent romancier et historien Auguste Bailly, aurait pu endiguer ce torrent de lyrisme. Mais il dut être amusé par mon application à jongler avec les mots et les rythmes car, au lieu de me dissuader, il m'encouragea. Mes dissertations, naguère sages et incolores, se muèrent en pastiches, plus ou moins réussis,

des superbes génies dont l'œuvre m'avait subjugué. J'étais tour à tour Victor Hugo face à son
océan déchaîné et Lamartine les pieds dans
l'eau de son lac. Des musiques célestes me visi-
taient la nuit. Une demi-douzaine de camarades de classe me rejoignirent dans cette fré-
nésie littéraire. Nous formâmes un groupe
d'amateurs du beau langage, pompeusement
appelé « académie » (déjà !), et décidâmes de
fonder un petit journal intitulé *Fouillis*, à
l'usage de nos condisciples et de nos familles.
Six numéros de la revue purent être imprimés
grâce à la contribution financière des plus généreux parmi les parents d'élèves. Bien entendu,
je n'avais même pas sollicité l'aide de papa, qui
était au bout du rouleau, mais aucun des « aca-
démiciens » ne m'en voulut de ce lâchage invo-
lontaire. Je fournissais régulièrement *Fouillis*
en copie. Sous ma plume, les chants ironiques
alternaient avec les chants désespérés : je
venais de découvrir les symbolistes. Changeant
de modèles, je faisais à présent du sous-Ver-
laine, du sous-Rimbaud. Entraîné par leur
exemple, je rêvais de devenir à mon tour un
« poète maudit ». Mais, pour l'instant, je n'étais
qu'un lycéen très ordinaire, aussi peu maudit
que possible, partagé entre la conscience de
mon incurable médiocrité et le sentiment que
je n'avais pas le droit de me plaindre, puisque
je pouvais dormir au chaud et manger à ma
faim. Il ne fallut pas moins que mon passage
dans la classe de philo pour me faire revenir à
la prose. A partir de cet instant, Descartes,
Kant, Leibniz, Schopenhauer, Bergson cou-

doyèrent, dans mon cerveau enfiévré, les grands
romanciers russes et français. Ensemble, ils
défièrent les poètes qui les y avaient précédés.
Très vite, je devinai que je m'étais fourvoyé en
essayant d'égaler les seconds et que je devais,
pour demeurer fidèle à ma vocation, me ranger
dans le camp des prosateurs. Cette reconver-
sion s'opéra par petites étapes. Longtemps je
me surpris à gribouiller des vers élégiaques en
marge de mes manuscrits en prose. Puis je me
résignai à l'inévitable.

Les principaux événements de ma vie, à cette
époque de mue et de découvertes, furent d'une
banalité rassurante. Succès scolaires, flirts sans
conséquence, dépucelage monnayé, lectures
hétéroclites, amitiés aussi spontanées qu'éphé-
mères, réussites successives aux deux bacs, ins-
cription à la faculté de droit de Paris... La routine de l'étudiant sage, qui ne donne pas trop
de soucis à ses parents. Mon frère, lui, bardé de
diplômes, venait de décrocher, à sa sortie de
l'Ecole supérieure d'électricité, un poste d'ingénieur dans une firme d'appareillage téléphonique. Il rapportait de l'argent à la maison, ce
qui permettait à papa, qui, toujours aux abois,
courait d'expédient en expédient, de souffler
entre deux dettes. Ma sœur, établie aux Etats-
Unis, où elle avait ouvert une école de danse
classique, s'efforçait également de nous aider
en nous envoyant parfois son écot. Mais ce
n'était pas suffisant pour assurer un train de vie
décent à la famille.

Tout en poursuivant mes études de droit, je
cherchai un travail convenablement rémunéré

pour mes heures de loisir. Je finis par en découvrir un en compulsant les petites annonces d'un journal russe de Paris : il s'agissait d'assurer la représentation d'une firme d'encaustique et de produits de nettoyage en France. L'entreprise, dirigée par un nommé Oleg Rostovsky, s'appelait fièrement « L'Abeille moscovite ». Je me présentai, sans grand espoir, à l'adresse indiquée. N'ayant aucune compétence dans le domaine des produits d'entretien domestiques, je fus agréablement surpris par l'accueil du patron : Oleg Rostovsky connaissait mon père de réputation en Russie et se déclara prêt à m'embaucher, à l'essai, comme représentant. Pour une fois, le nom de Tarassoff devenait une recommandation à Paris. Afin de me témoigner sa sympathie, Oleg Rostovsky me réserva, comme champ d'action, le seizième arrondissement, connu pour être d'un bon rapport à cause de sa population essentiellement bourgeoise. Je n'avais pas d'emploi du temps déterminé et devais être payé au pourcentage sur les ventes. Une triple obligation : être poli, persuasif et ne consentir aucun crédit sur la marchandise. Ravi de l'aubaine, je me lançai aussitôt dans ce nouveau métier qui, après tout, était fort convenable puisque ç'avait été aussi celui d'Anatole, le demi-frère de Nikita. Il avait vendu du champagne, je vendrais de l'encaustique : nous serions à égalité.

Mes premiers pas dans la profession de démarcheur constituèrent une terrible épreuve pour mon orgueil et ma timidité. Entre les heures de cours à la faculté, je m'astreignais à

faire du porte à porte, grimpant les étages, son-
nant chez des inconnus et déballant mes échantillons devant des ménagères méfiantes. Certaines ne me laissaient même pas aller jusqu'au
bout de mon boniment et me poussaient
dehors, tel un malotru. Je me retrouvais sur le
palier, honteux, crotté, comme si on avait
déversé sur ma tête le contenu d'une poubelle.
D'autres fois, en revanche, quelque dame d'âge
mûr semblait attendrie par ma jeunesse et mon
inexpérience. Elle me demandait de procéder
devant elle à un essai de mon produit miracle.
Le rouge au front, les mains gourdes, je débou-
chais une boîte de cire à fort parfum de téré-
benthine, étalais l'enduit sur un coin du plancher, frottais la surface du bois avec un chiffon
de laine et invitais la cliente à admirer le résultat. Visiblement, elle se divertissait de mes
efforts et de ma naïveté. Quant à moi, je songeais irrésistiblement aux cireurs de parquet
professionnels qui, à Moscou, venaient chaque
mois astiquer notre intérieur. Tout enfant,
j'observais avec curiosité ces hommes athlé-
tiques (ils se présentaient toujours à deux ou
trois) qui avançaient en ligne dans le salon, le
pied balancé de gauche à droite, en cadence,
comme s'ils eussent exécuté une danse sacrée
dont eux seuls entendaient la musique. La
sueur coulait sur leur visage vultueux. Ils laissaient derrière eux une puissante odeur de
transpiration. Quand ils avaient fini, la femme
de chambre de maman leur offrait à chacun un
verre de thé et un craquelin. Ils se restauraient,

essoufflés, radieux, et contemplaient leur œuvre avec une fierté d'artistes.

Par ailleurs, je ne pouvais oublier qu'il y avait chez nous, à Moscou, outre une nombreuse domesticité, des extras qui surgissaient à dates fixes pour aider à la marche de la maison. Ainsi, en plus des cireurs de parquets, recevions-nous chaque mois un « remonteur d'horloges », chargé d'inspecter le mécanisme des pendules, de les nettoyer, de les mettre à l'heure, et un fleuriste qui conseillait maman pour l'arrangement de ses bouquets. Il me semblait, à cette époque de munificence, que l'univers entier était non seulement à notre service, mais aussi à notre dévotion. Quelle différence avec la froideur, voire l'animosité, que je décelais autour de moi dès que je m'aventurais dans Paris ! Sans doute n'étais-je pas fait pour le métier de représentant de commerce. N'aurais-je pas eu intérêt à chercher une autre spécialité que la promotion de l'encaustique pour affirmer mes talents de vendeur ? Et dire que, dans ce seizième arrondissement qui était mon terrain de chasse attitré, et dont je revenais si souvent bredouille, il y avait une voie privilégiée, la rue Spontini, où se concentraient jadis toutes mes joies et toutes mes ambitions. En passant devant l'ancien logis des Voïevodoff, je rêvais tristement au triomphe que j'aurais remporté chez eux en me présentant, à l'improviste, avec ma panoplie de « L'Abeille moscovite ». Ils m'auraient acheté, les yeux fermés, de quoi cirer tous les parquets du château de Versailles. Au lieu de cette manne, ce que je rapportais à

la maison, à l'issue de mes tournées, était si
dérisoire que je préférais n'en pas faire état
devant mes parents. D'ailleurs, six mois plus
tard, « L'Abeille moscovite » déposa son bilan et
Oleg Rostovsky, ayant abandonné son stock aux
créanciers, se reconvertit dans le papier carbone. Cette fois, sa firme s'appela : « Le Copiste
international ». Bon prince, il me conserva
comme représentant. A son avis, quiconque
avait su vanter les vertus des produits d'entretien ménager était capable d'en faire autant
pour les articles de bureau.

Mais mon élan était brisé. Du reste, les examens de droit approchaient et je voulais me
consacrer à leur préparation. Comme je n'avais
plus guère la possibilité de perdre mon temps
en démarchages, papa, dont les finances étaient
gravement obérées, s'offrit à me remplacer au
pied levé dans cette tâche sans gloire. Oleg Rostovsky se prétendit enchanté de cette solution
qui lui permettait de compter, parmi ses repré-
sentants, un des anciens magnats du commerce
et de l'industrie de la Russie tsariste. Cependant, il me conseilla d'accompagner mon père
lors de ses premières visites aux clients afin de
l'initier à l'art de convaincre. Du jour au lendemain, je n'étais plus l'élève de papa, mais son
instructeur. Cette promotion me gênait et
m'inquiétait. Notre galop d'essai fut, pour moi,
une épreuve intolérable. Les sourires narquois,
les rebuffades, que je subissais avec philosophie
quand j'en étais la cible, me révoltaient dès qu'il
s'agissait de mon père. Tandis qu'il exhibait ses
échantillons de papier carbone, les tendait

humblement à une dactylo, la priait de les
essayer devant lui sur sa machine à écrire,
insistait, avec un terrible accent russe, sur le
fait que cet article-là, contrairement aux
marques concurrentes, ne salirait pas
les doigts charmants de l'utilisatrice, j'avais
envie d'insulter tous ceux, toutes celles qui
osaient se moquer de lui alors qu'ils auraient dû
le respecter et le plaindre. Le soir de cette première expérience, mon père et moi n'avions
vendu qu'un paquet de papier carbone, deux
rubans encreurs et une petite brosse pour nettoyer les lettres. De retour à la maison, je sup-
pliai papa d'en rester là. Cette besogne subal-
terne, dont je m'accommodais tant bien que
mal, me paraissait indigne de lui. Mais il
s'entêta. Voulait-il prouver qu'il était aussi
capable que son fils de fourguer n'importe quoi
à n'importe qui ? Le lendemain, il retourna seul
à la pêche aux clients. Quand il revint, il n'avait
que deux commandes inscrites sur son carnet.
Encore s'était-il engagé à rabattre dix pour cent
sur le prix des rubans encreurs. Cependant, pas
plus que la veille, il ne se résignait à dételer. Je
compris qu'en s'obstinant à courir de droite et
de gauche pour des nèfles il se donnait l'illusion
d'être encore quelqu'un d'actif, de nécessaire,
d'honorable, et non un vieux cheval à mettre au
rancart. Néanmoins, malgré ses efforts, les
résultats de ses prospections devenaient si
médiocres qu'il ne fut pas autrement affecté en
apprenant que, après « L'Abeille moscovite »,
« Le Copiste international », endetté jusqu'au

cou, fermait boutique, liquidait son stock et licenciait son personnel.

De mécompte en déconfiture, nous nous trouvâmes un beau jour dans l'incapacité de payer le loyer de notre appartement. Papa avait frappé en vain à toutes les portes. Nos amis de l'émigration étaient aussi désargentés que lui. Après une série de mises en demeure par lettres recommandées et démarches d'avocats, le propriétaire nous menaça de saisie

Certains réfugiés russes, qui étaient déjà passés par là, nous conseillèrent de déménager à la sauvette nos objets les plus précieux avant la visite de l'huissier. Mais nous ne possédions pas d'« objets précieux ». Notre ameublement était un triste bric-à-brac amassé au fur et à mesure des besoins. Du reste, papa se refusait à tromper la justice : « Je ne suis pas un Voïevodoff, disait-il avec hauteur. Je ne veux pas tricher. Puisque nous sommes en France, je dois m'incliner devant la loi française. » Et il ajoutait, mélancoliquement : « En Russie, il m'aurait suffi de promettre le remboursement de ma dette pour qu'on m'accordât un délai. On aurait cru un Tarassoff sur parole. Ici, ma parole ne vaut rien ! Il faut savoir vivre avec son temps et selon ses moyens ! »

Moins résignée que lui, maman voyait dans cette nouvelle épreuve une scandaleuse injustice du sort. Dans son esprit, la cruauté de l'Administration française rejoignait celle des bolcheviks. Pour un peu, elle eût incité papa à imiter les Voïevodoff et à fuir en Belgique. Cependant, elle n'osait lui avouer cette lâche

tentation et le considérait avec un mélange
d'admiration et de désespoir, comme elle l'eût
fait d'un capitaine qui refuserait de quitter son
navire au moment du naufrage. Moi-même,
j'estimais qu'il y avait de la grandeur dans ce
dédain de tout accommodement, de toute fri-
ponnerie. Dans certains cas, pensais-je, un
homme d'honneur doit savoir perdre cet honneur sans se plaindre. Pourtant, à la demande
solennelle de maman, papa accepta de sous-
traire à la convoitise de l'huissier l'icône familiale qui nous avait accompagnés tout au long
de notre exode. Elle était fixée, avec sa veilleuse
au gobelet d'argent, juste sous le plafond de la
salle à manger, dans le « coin sacré ». Ce fut
mon père lui-même qui, monté sur un esca-
beau, la décrocha avec de grands signes de
croix pour se faire pardonner son outrecui-
dance. Maman enveloppa l'image sainte dans
un napperon. Des amis de la famille prirent la
relique en pension chez eux, avec promesse de
nous la restituer après l'orage.

Je me souviens de mon accablement,
quelques jours plus tard, à la vue de l'huissier
pénétrant chez nous pour instrumenter. C'était
un petit homme noiraud, crochu et fouineur.
Planté au milieu de la salle à manger, il recen-
sait du regard chaque meuble, chaque bibelot
et en notait les caractéristiques dans un registre
tenu en équilibre sur son bras. Tout ce qui atti-
rait son attention, il le gobait des yeux avec
voracité et méthode. Ayant fini d'inspecter la
salle à manger, il demanda :

— Et la chambre à coucher, c'est par où ?

— Par ici, dit mon père avec empressement. Si vous voulez me suivre...

Il me parut trop servile devant ce goujat, dont la seule présence chez nous était une avanie. Maman, elle, était visiblement de plus en plus exaspérée par le sans-gêne d'un homme dont la mission était de nous faire rendre gorge comme si nous étions des receleurs et que tout, ici, eût été volé par nous à d'honnêtes citoyens. Fort heureusement, mon frère, retenu au bureau, n'assistait pas à l'inventaire. Etant d'un caractère soupe au lait, il aurait éclaté de fureur et ses injures n'auraient servi qu'à aggraver notre cas. Moi, je me contentai de serrer très fort la main de ma mère pour l'inciter à la patience. Quand l'huissier s'avisa de vérifier l'état des serrures de son petit secrétaire, elle ne put retenir des larmes d'humiliation et passa dans la pièce voisine. Je regrettai qu'aucun des objets dits profanes n'eût suivi l'icône dans son exil.

La torture de l'« état des lieux » dura plus d'une heure. Après avoir fait le tour de toutes les chambres, l'officier ministériel nous annonça que, selon les dispositions de la loi, il tiendrait compte du fait que nous étions quatre locataires — ma mère, mon père, mon frère et moi — dans cet appartement et qu'en conséquence il nous laisserait quatre lits, quatre chaises et une table. Puis, ayant rédigé son procès-verbal de saisie, il nous informa sèchement que, si la somme réclamée par le propriétaire n'était pas réglée intégralement à la fin du mois, il nous assignerait en référé.

— Et après ? interrogea maman d'une voix défaillante.

— Après, madame, répondit l'huissier, si le versement prévu n'est toujours pas effectué, ce sera la vente par autorité de justice.

Cette sentence tomba dans un silence sépulcral. Ayant asséné la nouvelle, l'huissier demanda une chaise, s'assit devant la table de la salle à manger et compléta posément le procès-verbal qu'il avait préparé à l'étude.

Les semaines suivantes furent dominées par l'angoisse du châtiment qui nous attendait. Le sceau de l'infamie venait de frapper la famille Tarassoff. Une affiche annonçant la date de la vente par autorité de justice avait été placardée à la porte de l'immeuble. Par extraordinaire, cette vente devait se dérouler sur place. Le concierge ne nous saluait plus. Les locataires que je croisais dans l'escalier détournaient la tête en me voyant. Tout le quartier était au courant de notre disgrâce. Dans la rue, je rasais les murs comme un malfaiteur. Je n'aurais pas été surpris qu'un agent de police me mît la main au collet.

Au jour et à l'heure fixés par le tribunal, un commissaire priseur et un greffier se présentèrent chez nous. Ils furent suivis par une quinzaine de marchands, spécialistes de ce genre d'opérations et qui d'évidence se connaissaient tous entre eux. Une bande de joyeux drilles au regard allumé et au verbe haut. On eût dit qu'ils s'apprêtaient à jouer aux boules. Les enchères commencèrent aussitôt, ponctuées de commentaires grossiers et d'éclats de rire. Les

chiffres volaient de bouche en bouche :
« Trente-sept... Trente-neuf à droite... Qui dit
mieux ?... Adjugé ! » Je regardais mon père, ma
mère, serrés l'un contre l'autre, le front bas, les
bras ballants, perclus de honte. On les désha-
billait en public. A chaque meuble acquis par
un de ces pilleurs d'épaves, ils tressaillaient
comme sous le choc d'une gifle. Je voyais partir, un à un, tantôt un fauteuil, tantôt un bibelot auquel m'attachait quelque charmant souvenir. Ces vestiges n'avaient de prix que pour
nous. Pourquoi les livrait-on à des étrangers ?
C'était presque aussi grave qu'un abandon
d'enfant !

Lorsqu'on mit en vente le tableau noir de
mon frère, je dus me retenir pour ne pas crier
qu'on n'avait pas le droit de le lui prendre.
Comme le jour de la visite de l'huissier, Choura
s'était arrangé pour ne pas assister au désastre.
Mais nous avions souvent discuté entre nous
des conséquences probables de la saisie. Plus
optimiste que moi, il soutenait que la vente de
nos meubles, pour affligeante qu'elle fût, ne
compromettrait en rien notre avenir. Selon lui,
il fallait même s'en féliciter, car cela « viderait
l'abcès », « soulagerait papa de son fardeau » et
nous permettrait de repartir « d'un bon pied »
vers des lendemains glorieux. Je me répétais ces
propos courageux tandis qu'autour de moi les
enchères continuaient inexorablement. Pendant un répit dans le déferlement des chiffres,
papa vint vers moi et me glissa à l'oreille :

— Je voudrais demander quelque chose au
commissaire priseur. Mais je ne sais pas com-

ment m'y prendre... Est-ce qu'on doit lui dire
« maître », comme à un avocat ?

— Je n'en sais rien ! répondis-je. Et d'ailleurs,
ça n'a aucune importance, papa !

— Il faut un minimum de politesse quand on
reçoit !...

— Mais tu ne reçois pas, Aslan ! s'écria maman, qui avait entendu sa réflexion. Ces gens-
là ne sont pas nos invités. Tout au plus de vulgaires intrus, protégés par la justice !

Papa rentra la tête dans les épaules. Respec-
tueux de l'ordre jusqu'au sacrifice de lui-même,
il était prêt à se laisser détrousser plutôt que de
contrevenir aux dispositions légales d'un pays
dont il était devenu l'hôte par accident. Je comprenais aussi bien la révolte de ma mère que la
résignation de mon père. Avant même la fin des
enchères, des déménageurs commencèrent à
emporter les meubles achetés par les marchands. La maison se vidait peu à peu de son
âme. Devant moi, un colporteur démontait un
petit bureau. Dans un tiroir, il découvrit un
vieux carnet scolaire et me le tendit :

— C'est à vous ?

Je rougis :

— Oui.

Et je m'en saisis avidement, alors qu'il était
périmé et que je n'en avais nul besoin. Bientôt
les pièces, à demi dégarnies, nous opposèrent
la froide indifférence de leurs murs nus. Nous
n'étions plus chez nous, nous campions chez
des étrangers. Par terre, traînaient des rouleaux
de poussière, des bouts de ficelle. J'ouvris la
fenêtre pour chasser l'odeur de transpiration

que les marchands avaient laissée après leur
piétinement. Une camionnette était arrêtée avenue Sainte-Foy, devant le porche de l'immeuble.
Deux gaillards chargeaient la table de nuit de
maman sur la plate-forme. Le concierge et sa
femme les regardaient faire et bavardaient avec
animation. Soudain, ils levèrent la tête vers
notre étage. Je refermai précipitamment la
croisée. Assis sur une chaise de cuisine dans le
vestibule, papa ressemblait à un boxeur soûlé
de coups. Cependant, au bout d'un moment, il
s'efforça de sourire.

— Tu as vu, Lydia, dit-il misérablement, il y
a certains meubles qui se sont très bien ven-
dus... Je n'aurais jamais cru que ton armoire
ferait trois cent trente-sept francs...

— Moi non plus ! soupira maman.

— En revanche, je trouve que ta table de chevet en marqueterie..., soixante-cinq francs !
Celui qui a acheté ça n'a pas perdu sa journée !

Il voulut dire encore quelque chose, mais
serra les mâchoires et se tut, le regard au sol,
conscient sans doute de s'être engagé sur un terrain dangereux. Maman alla chercher un balai
pour nettoyer le plancher. Mon père le lui prit
des mains et refoula devant lui les flocons de
poussière. Tout en travaillant, il marmonnait
par-dessus son épaule :

— Cela vaut peut-être mieux ainsi, Lydia !
Choura a raison quand il dit que, pour aller de
l'avant, il faut alléger le navire de tout ce qui
l'encombre... Liquider, liquider, liquider !...
Nous avons su liquider nos souvenirs de Russie ; nous n'allons pas hésiter à liquider nos

souvenirs de France... Il y en a si peu !... Et ils ont si peu de valeur !...

Il toussa pour se dégager la gorge et grommela encore :

— J'ai tout prévu... Il me reste encore assez d'argent pour boucler le mois et voir venir. Nous louerons un appartement plus petit, moins cher, dans un autre quartier, où on ne nous regardera plus de travers. Pour la suite, je me débrouillerai... Confiance et patience, Lydia ! Tout ira bien !

Ainsi fut fait. Un mois plus tard, nous quittâmes l'avenue Sainte-Foy, à Neuilly, pour emménager dans un modeste « trois-pièces avec cuisine » que papa avait déniché à l'autre bout de Paris, rue Sibuet, dans le douzième arrondissement, près du chemin de fer de ceinture. Les quelques meubles qui avaient échappé à l'appétit de l'huissier trouvèrent leur place sur ce radeau de sauvetage. Par un étrange retournement d'humeur, il me sembla que ce nouveau décor ne pouvait qu'annoncer pour nous une vie nouvelle, toute de surprise et de réussite. Je compris qu'il n'était pas nécessaire de changer de pays pour changer d'horizon. Quoi qu'il advînt, notre icône familiale, habituée à voyager, et qui nous avait été restituée entre-temps, s'accommoderait de tous les domiciles. Ayant terminé mon cycle d'études au lycée Pasteur, je n'avais plus rien à faire à Neuilly et la rue Sibuet en valait une autre. Aussi me contentai-je de déplorer qu'il me fût impossible d'avertir Nikita de mon changement d'adresse. A présent, nous étions quittes : il ne savait pas davantage où je me trouvais que je ne savais où il se trouvait lui-même. Eussions-nous habité aux antipodes que la distance entre nous n'eût pas été plus infranchissable. Ainsi finissent, me disais-je philosophiquement, la plupart des grandes amitiés de jeunesse. Peut-être fallait-il tout oublier, le bateau *Aphon*, la rue Spontini, *Le Fils du satrape* ?... Mon frère et ma sœur me donnaient l'exemple d'une vision réaliste du monde et des obligations de chacun dans notre groupe. Talonné par la nécessité de participer, moi aussi, aux dépenses de la maison, je décidai, après avoir obtenu ma licence en droit, de me présenter à un concours administratif de la Ville de Paris.

Mais ma qualité d'étranger m'interdisait de prétendre au sort enviable de fonctionnaire. Devais-je me faire naturaliser pour profiter de la chance qui s'offrait à moi ? Je m'étais si aisément acclimaté à la France, depuis dix ans, je me sentais si profondément imprégné de culture française, j'étais si heureux de m'ébattre dans les jardins du vocabulaire français qu'à mes yeux une telle conversion se ramènerait à une simple formalité. Mes parents, en revanche, me parurent inquiets d'une solution qui, selon eux, équivalait à une trahison envers notre passé commun. Ils pensaient qu'en changeant de nationalité je me détacherais, malgré moi, de nos traditions, de nos souvenirs, de nos espoirs et de nos regrets. Ils craignaient qu'après avoir troqué le mirage russe contre la réalité française je ne fusse plus tout à fait de leur bord. Et, en même temps, ils me conseillaient de ne pas les

écouter, car, disaient-ils, mon avenir était certainement en France. Soir après soir, nos discussions revenaient sur le même sujet pour aboutir
à la même interrogation douloureuse. Enfin,
de guerre lasse, ils se résolurent à me donner
raison. Ils m'incitèrent même à hâter les
démarches. Ce fut avec gravité, mais sans amer-
tume, qu'ils me virent remplir les formulaires de
ma demande de naturalisation. J'avais l'impression qu'ils m'accompagnaient sur un quai de
gare. Dans leur cœur, j'allais entreprendre un
grand voyage : je partais pour la France.

L'échange de paperasses, indispensable à
mon admission au sein de la communauté française, fut long, compliqué, parfois humiliant.
Mais je ne me décourageai pas. Il me suffisait
de relire une page de Victor Hugo, de Flaubert,
de Balzac pour me réconcilier avec l'Administra-
tration de ce pays qui ne m'acceptait qu'avec
réticence. Il me semblait que la faveur que je
briguais était à la merci de la moindre mal-
adresse, du moindre manquement imputable
aux étrangers. Le 6 mai 1932, je crus même que
toute mon affaire était tombée à l'eau. Une nouvelle terrible venait de foudroyer les Russes
résidant en France : le président de la République, Paul Doumer, en visite à la Vente des
écrivains anciens combattants, avait été abattu
d'un coup de revolver par un émigré russe à
demi fou, du nom de Paul Gorgouloff. Comment les Français allaient-ils réagir à cet assassinat du premier d'entre eux par un exilé à qui
ils avaient ouvert leurs frontières ? Ne tien-
draient-ils pas tous les Russes de France pour

responsables du geste d'un des leurs, fût-il un déséquilibré ? Voudraient-ils encore de moi comme compatriote ? Au lendemain du drame, les titres des journaux témoignèrent de l'indignation générale. Je me souviens de l'un d'eux, tragique dans sa concision : « La main d'un étranger a mis le drapeau français en berne. » J'étais un de ces étrangers. Je devais le rester. Le sang de Paul Doumer avait éclaboussé tous ceux qui étaient nés hors de France.

Or, très vite, la colère populaire s'apaisa. Mon dossier de naturalisation continua son petit bonhomme de chemin, de bureau en bureau, d'instance en instance. Paul Gorgouloff fut guillotiné le 14 septembre 1932. Je fus naturalisé le 13 août de l'année suivante, par décret du nouveau président de la République, Albert Lebrun, le remplaçant de l'infortuné Paul Doumer. J'avais changé de patrie sans changer de visage. Mes parents eurent le courage nostalgique de m'en féliciter. Nous fûmes récompensés de cette décision, prise jadis en famille, car, après avoir obtenu ma naturalisation, je passai avec succès un concours de rédacteur à la préfecture de la Seine. Toutefois, avant d'être officiellement admis à prendre mes fonctions, je devais, pour être en règle avec l'Administration, accomplir mon service militaire, dont la durée, à l'époque, était d'une année pleine. J'y avais « coupé », jusque-là, en tant qu'apatride. Mon frère, ayant conservé le même statut, n'avait pas non plus été appelé sous les drapeaux. Et, de toute évidence, Nikita, réfugié en Belgique, était lui aussi à l'abri de la conscription.

Comme son père, il avait su profiter de tous les avantages de la situation d'exilé. Tandis que moi, naïf comme pas deux, je donnais tête baissée dans le panneau. A mon âge, perdre une année à exécuter de basses besognes sous l'uniforme, n'était-ce pas payer trop cher le droit d'être français ? N'avais-je pas commis une bévue énorme en troquant ma carte d'identité d'étranger contre une carte d'identité nationale ?

Cette sensation d'avoir, peut-être, lâché la proie pour l'ombre se renforça durant les premiers mois de mon service militaire qu'il me fallut accomplir, comme deuxième classe, à Metz, dans un régiment d'artillerie hippomobile. Pendant les corvées les plus humiliantes et les exercices sur le terrain les plus épuisants, je ne pouvais m'empêcher de penser à Nikita qui, en ce moment, se gobergeait quelque part en Belgique, aux côtés de la voluptueuse Lili. S'il m'avait vu épluchant les patates, balayant la cour, récurant les chiottes ou pansant les chevaux de la batterie, il se fût payé une pinte de rire et m'eût traité de pauvre con. L'obsession d'avoir été l'artisan de mon propre malheur atteignit son paroxysme quand je reçus à la caserne un exemplaire justificatif de mon premier livre imprimé : *Faux Jour*. J'étais sur le point de partir pour l'armée lorsque j'avais appris que le manuscrit de ce roman avait été accepté par Plon. Mais mon éditeur exigeait, pour le publier, que je prisse un pseudonyme, car, d'après lui, mon nom à consonance russe pouvait faire croire aux lecteurs qu'il s'agissait

d'une traduction, ce qui n'eût pas manqué de
nuire à la diffusion de l'ouvrage. Docile, j'avais
jonglé avec les lettres de mon vrai nom avant
de décider que je m'appellerais Troyat. Sur la
lancée, j'avais changé également de prénom,
remplaçant sans enthousiasme Léon par Henri.

A présent, alors que la chambrée bavassait et
rigolait autour de moi, je contemplais avec
angoisse la couverture de ce bouquin auquel
j'avais travaillé naguère avec tant d'application,
tant d'espoir et tant de candide fierté. Le titre
était de moi, le texte était de moi, mais l'auteur
était certainement quelqu'un d'autre. Son nom
— Henri Troyat — ne me disait rien. En me fai-
sant naturaliser, j'avais fait naturaliser mon
livre. Sous cette identité d'emprunt, il ne
m'appartenait plus. Il était l'œuvre de n'importe
qui. Soudain, une question terrible me secoua :
« Si Nikita voit *Faux Jour* à la vitrine d'un
libraire, à Bruxelles, il ne saura même pas que
ce roman est de moi ! » Ce qui aggravait le cas,
c'était l'ignorance où j'étais de l'adresse de mon
ami. Ainsi, quel que fût mon désir de l'associer
à mes débuts en littérature, je ne pouvais même
pas lui faire savoir que Tarassoff et Troyat ne
faisaient qu'un et que le second venait de
publier le livre du premier. Pour Nikita, je
n'avais jamais rien écrit depuis *Le Fils du
satrape*. Or, *Faux Jour* était très bien accueilli
par la critique. En recevant les extraits de
presse que mon éditeur m'expédiait régulièrement, j'enrageais d'être coincé dans une
caserne à Metz, parmi des troufions illettrés et

hilares, alors que ma jeune notoriété se construisait loin de moi, à Paris.

Cependant, une fois rendu à la vie civile, je constatai que la frustration dont je me plaignais naguère sous l'uniforme ne résistait pas aux péripéties de ma vie d'écrivain débutant, de jeune célibataire plus ou moins amoureux et de fonctionnaire novice aux ambitions administratives limitées. En décembre 1938, un coup de cymbale m'ébranla le cerveau. Contre toute attente, le prix Goncourt me fut attribué pour mon quatrième roman, *L'Araigne*.

Cette subite reconnaissance m'effraya autant qu'elle me combla. Je me demandais si j'oserais encore aligner trois phrases après une aussi écrasante promotion. La peur de décevoir ceux qui m'avaient fait confiance m'ôtait jusqu'à l'audace de continuer une carrière trop brillamment commencée. Après avoir satisfait, tant bien que mal, aux obligations qu'entraîne toujours un pareil événement, j'éprouvai le besoin de faire une visite à quelques grands écrivains russes exilés en France depuis la révolution bolchevique. J'avais lu leurs œuvres entre-temps et je regrettais qu'ils fussent si mal connus du public français. Porté au pinacle, j'avais mauvaise conscience par rapport à eux qui continuaient, malgré leur immense talent, à végéter dans l'ombre. J'avais presque envie de m'excuser auprès d'eux de ma chance. L'occasion me paraissait opportune de leur rendre hommage.

Tour à tour, Remizoff, Chmeleff, Merejkovsky et sa femme, Zénaïde Hippius m'accueillirent cordialement et me dirent leur joie de voir un de leurs jeunes compatriotes accéder à la célébrité. Mais je percevais, à travers leurs propos, une sourde mélancolie, la tristesse des créateurs privés de leur audience habituelle et prisonniers des traducteurs. Je me demandais ce qu'ils pouvaient penser de moi qui, en quelque sorte, avais trahi leur cause, puisque j'écrivais en français. Juste après mon prix Goncourt, j'avais lu, dans le journal russe *Les Dernières Nouvelles*, l'article suivant : « Voici un des plus tristes résultats de la *dénationalisation*. Si elle n'existait pas, Troyat serait évidemment un écrivain russe. Mais il a fait ses études en France, la langue française lui est devenue plus familière que sa langue natale et, bien sûr, il ne réintégrera jamais la littérature russe[1]. »

Le verdict était clair : tel quel, j'étais à la fois des leurs et pas tout à fait des leurs. Non pas un traître, mais un allié ambigu, un auteur doublement émigré, à cheval sur deux patries. En s'exilant, ils avaient perdu non seulement leurs racines, mais aussi leur public, et, au bout du compte, leur raison d'être. Mûris par le malheur, ils écrivaient mieux qu'autrefois ; cependant, les éditeurs français rechignaient à publier des traductions de leurs œuvres, la presse française les ignorait, seul un petit cercle d'émigrés russes les lisait encore dans le texte. Fuyant la Russie, ils n'étaient arrivés nulle part. Ils vivaient dans une zone intermédiaire et abstraite, un no man's land, l'enfer glacé des apatrides. En pensant à eux, au lendemain de

---

1. *Les Dernières Nouvelles*, jeudi 8 décembre 1938.

mon prix Goncourt, ce n'était pas l'absurde Mme Voïevodoff, mère de Nikita et auteur confidentiel de romans à l'eau de rose, que je revoyais, mais les vrais écrivains russes de l'émigration, les chefs de file qui n'avaient plus derrière eux qu'une troupe clairsemée de fidèles. Pourquoi est-ce, aujourd'hui encore, le souvenir d'Alexis Remizoff qui m'obsède ? Il est devant mes yeux, comme lors de la visite que je lui fis à Paris, par déférence. Vieux gnome aux lèvres épaisses et aux yeux d'enfant, il me dédicace son dernier ouvrage d'une écriture souple de calligraphe. Toute son œuvre est dominée par la fantasmagorie burlesque des légendes russes. Il ressemble à un des personnages insolites qui hantent ses récits. De toute évidence, l'air des bords de la Seine ne lui vaut rien. Après m'avoir signé son livre, il me confie, à voix basse, qu'il lui est difficile d'écrire hors du climat de « là-bas ». Face à cet homme désemparé, dépouillé, volé, j'ai, plus qu'hier encore, le sentiment d'être un usurpateur.

Ces scrupules furent, du reste, très vite noyés sous la vague d'angoisse qui déjà déferlait sur la France. La menace d'une guerre avec l'Allemagne se rapprochait de semaine en semaine. Les vociférations démentes d'Hitler à la radio, les titres alarmants des journaux, les commentaires pessimistes de mon entourage gâchaient ma joie intempestive de lauréat. Quand intervint la mobilisation, j'en fus doublement consterné. Frappé dans mon amour pour la France, je l'étais aussi dans ma foi en mon avenir d'écrivain. Qui s'intéresserait encore aux

livres, alors que toute la jeunesse allait être
expédiée aux frontières ? La littérature n'était-
elle pas condamnée à périr, étouffée sous des
flots de larmes et de sang ? Le péril commun
rendait mesquines et même ridicules les préoccupations artistiques qui nous avaient agités
durant ces années d'insouciance. J'enviais
Nikita : réfugié en Belgique et n'étant pas mobi-
lisable à cause de sa situation d'étranger, il
échapperait sans doute au carnage. En même
temps, je songeais à papa, qui, paisible et pros-
père en Russie, avait eu son destin brisé par des
événements indépendants de sa volonté. Sa
maison, sa fortune, ses amis, sa patrie, il avait
tout perdu sans être responsable de son malheur. Les bouleversements politiques avaient
joué contre lui et l'avaient entraîné loin du
sillon qu'il avait tracé. Eh bien, tout recommen-
çait, à vingt ans de distance ! Comme mon père,
je devais dès aujourd'hui dire adieu à mes projets d'hier et courber la tête sous le poids d'une
fatalité aveugle. Je me résignai au triste honneur d'être le dernier prix Goncourt du temps
de paix !

Cependant, là encore, une chance insolente
favorisa notre cercle. Les années qui suivirent,
assombries pour tous par la défaite, l'humiliation, l'occupation et la pénurie, ne m'empê-
chèrent pas, une fois démobilisé après l'armis-
tice de 1940, de retrouver ma place de rédacteur
au service des Budgets à la préfecture de la
Seine. La famille entière avait traversé la tour-
mente sans y laisser trop de plumes. Alexandre,
qui avait été « affecté spécial » pendant les hos-

tilités, travaillait de nouveau comme ingénieur dans l'entreprise qui l'avait engagé à ses débuts ; de rares cartes postales, acheminées de New York à Paris par des voies détournées, nous apportaient, de loin en loin, des nouvelles de ma sœur, qui s'était mariée et dont l'école de danse prospérait ; papa s'échinait toujours à des besognes obscures dans les milieux de l'émigration ; certains de mes amis, réfugiés en zone libre, entretenaient avec moi une correspondance chiffrée qui exaltait notre certitude d'une prochaine délivrance.

Autour de moi vivotait un Paris morose, que je reconnaissais à peine, avec ses files d'attente devant les magasins d'alimentation, son grouillement d'uniformes vert-de-gris, ses panneaux indicateurs aux inscriptions allemandes, ses drapeaux frappés de la croix gammée sur les édifices publics, ses bicyclettes scintillantes zigzaguant entre les voitures de la Wehrmacht, son couvre-feu, ses sirènes d'alerte, son dernier métro bondé, ses minces journaux collaborationnistes et, par-dessus tout cela, les hideuses étoiles jaunes cousues avec un gros fil noir sur les vêtements des juifs. Malgré l'héroïsme de l'Angleterre et les premiers sursauts de la Résistance, il paraissait douteux que la victoire pût échapper à l'Allemagne. Le jeune général de Gaulle semblait avoir moins d'avenir que le vieux maréchal Pétain. On écoutait la radio de Londres, avec le sentiment qu'elle nous parlait d'un espoir fou, d'un bonheur grisant, mais improbable. L'heure du communiqué de la B.B.C. rassemblait, dans les maisons aux rideaux tirés, un peuple avide de croire que tout n'était pas perdu. Le moindre renseignement favorable, capté à travers le zinzin du brouillage, nous mettait le cœur en fête.

A la préfecture de la Seine, mes collègues et moi échangions à voix basse des nouvelles contradictoires que nous avions apprises la veille. Nous vivions l'œil rivé sur la carte des opérations militaires. Notre train-train de fonctionnaires était dominé par deux préoccupations majeures : les informations et le ravitaillement. Le marché noir fleurissait à tous les coins de rue. Tel concierge pourvoyait le quartier en cigarettes et en charcuterie. Tel électricien s'était voué à la pomme de terre et au charbon.

Dans la monotonie de cette existence de grisaille, de privations et de honte, il y a soudain comme un éclair de joie. Vers la fin du mois de juillet, je reçois au bureau un coup de téléphone matinal de mon frère : « As-tu pris la radio ? » me demande Alexandre. « Non, pas encore. » « Le pacte germano-soviétique est rompu. Les Allemands envahissent la Russie ! » On s'y attendait depuis quelques jours. L'entrée en guerre de l'U.R.S.S. aux côtés des Alliés renforce les chances d'une victoire finale sur Hitler. Mon cœur bondit d'allégresse. Mais il faut se méfier des écoutes téléphoniques. Je feins d'être préoccupé par l'événement : « J'espère, dis-je, qu'Hitler a bien calculé son coup. Il faut qu'il se dépêche de terrasser la Russie avant l'arrivée de l'hiver ! » Mon frère entre dans mon jeu : « Je fais confiance à Hitler. Il ne commettra pas l'erreur de Napoléon ! »

Dans les couloirs de l'Hôtel de Ville, tout le monde est déjà au courant. Pourtant, on évite de donner ouvertement son opinion. Toujours cette crainte de la délation qui empoisonne les esprits. Cependant, une fois les portes du bureau des Budgets refermées sur les hôtes habituels des lieux, les langues se délient. Après avoir été honni, Staline fait figure de sauveur. Personne ne songe plus aux recettes et dépenses de la ville. Les dossiers dorment sur les tables. Je n'ai pas le courage de rédiger ce rapport urgent sur le déficit du métro.

Le soir, je prends ce même métro dont j'ai négligé d'étudier le cas au bureau et me dépêche de rentrer à la maison pour interroger mes parents sur leurs réactions devant le renversement des alliances. Le quai de la station Hôtel-de-Ville est parsemé de petites lettres « V » découpées dans des tickets périmés : l'initiale de « Victoire ». Tout Paris a la fièvre. Il me semble que les voyageurs échangent entre eux des regards de joyeuse connivence. Mes parents, eux, sont perplexes. Leur vieille méfiance envers les bolcheviks tempère leur jugement.

Les jours suivants, mon espoir retombe. L'offensive allemande en U.R.S.S. est foudroyante. Les troupes d'Hitler bousculent l'Armée rouge, occupent les villes sans coup férir et expédient à l'arrière des flots de prisonniers éberlués. Déjà les pays Baltes, la Biélorussie, l'Ukraine sont occupés. La menace se rapproche de Leningrad, de Moscou... Mes parents commencent à penser que, sous les coups de

boutoir de la Wehrmacht, le gouvernement
soviétique ne tiendra pas longtemps et qu'à la
faveur d'un séisme politique ils pourront peut-
être réintégrer leur patrie après vingt ans d'exil.
Je regrette d'être, une fois de plus, si loin d'eux
dans mes rêves d'avenir ! Pour moi, un retour
en Russie est inconcevable. Surtout s'il s'agit d'y
revenir avec la bénédiction de l'ennemi. Je tente
de leur expliquer que je suis un écrivain français, que je n'imagine pas de vivre sur une autre
terre que la terre de France, que, si je regagnais
la Russie, j'y mènerais l'existence d'un déraciné,
d'un émigré ; ils ne m'écoutent pas, ils pour-
suivent leurs illusions qui me navrent. Mon
père ressort d'une serviette ses éternels documents, ses reconnaissances de dettes, ses titres
de propriété hors d'usage. Penché sous la
lampe, il se voit déjà retrouvant sa situation, sa
notoriété, sa fortune d'autrefois. J'ai beau lui
représenter que, quel que soit le nouveau
régime en Russie, on ne lui restituera rien de
ce qu'il a perdu, il s'obstine à me démontrer le
contraire. Le soir de la prise par les Allemands
de je ne sais plus quelle ville importante, il
m'invite même à boire un verre de vodka pour
fêter notre prochaine réunion au sein de la
mère patrie, avec — pourquoi pas ? — un tsar
à la tête du pays. Plus que jamais, cette vodka
bénéfique, il la fabrique lui-même, selon la
recette de l'infirmier alsacien du camp de quarantaine : alcool à 90°, coupé par moitié d'eau
bouillie, parfumé d'un zeste de citron et addi-
tionné d'une goutte de glycérine. Pour accompagner la rasade, une tranche de rillettes, ache-

tée chez le coiffeur du coin, notre fournisseur occasionnel. J'accepte de trinquer avec mes parents, mais, en avalant ce breuvage raide, j'ai l'impression de trahir mon idéal, de me mentir à moi-même.

Cependant, peu à peu, le mirage de mon père se déchire. Tout en suivant sur la carte la progression des forces hitlériennes, il souffre devant les images des villes russes dévastées, des cadavres russes pourrissant au bord des routes, des prisonniers russes exténués, affamés, déguenillés que montrent à l'envi les journaux et les actualités cinématographiques. Il décide même subitement de ne plus aller au cinéma pour s'épargner la vision de son pays ravagé par une guerre inexorable. A ses yeux, ce ne sont plus d'horribles bolcheviks qui tombent sous les balles des « libérateurs allemands », mais des compatriotes qui luttent pied à pied pour défendre le sol de leurs ancêtres contre l'envahisseur maudit. Sans qu'il me fasse part de ses tourments de conscience, je devine en lui l'éveil d'un sentiment national plus fort que la politique, et je m'en réjouis comme d'un accord de cœur entre ma famille et moi-même.

Lorsque, plus tard, les troupes soviétiques se ressaisissent et remportent leurs premiers succès, mes parents manifestent une fierté sincère. Oubliant leurs égoïstes problèmes d'émigrés blancs, ils se surprennent à désirer la victoire d'une patrie qui ne veut plus d'eux. Ils prient non pour un gouvernement qu'ils récusent, mais pour un peuple qu'ils n'ont jamais cessé d'aimer ; non pour l'U.R.S.S. d'aujourd'hui, mais pour la Russie de toujours. Afin de célébrer la victoire de Stalingrad, nous bûmes ensemble, outre l'habituelle vodka de fabrication artisanale, une bouteille de champagne que mon père avait dénichée Dieu sait où. Lui et ma mère avaient aux yeux des larmes de joie, comme s'ils n'avaient pas perdu, ce jour-là, toute chance de rentrer chez eux.

J'étais sans nouvelles de Nikita. Que pensait-il des événements ? Attendait-il la fin de la guerre avec la même fébrilité que moi ? A croire que notre vie, jusque-là, n'avait été qu'une obscure gestation et que notre vraie naissance était pour demain ! Du reste, je ne me faisais pas beaucoup de souci à son sujet. Il avait la souplesse d'un acrobate. La Belgique étant, comme la France, soumise à la domination allemande, je me demandais même s'il ne s'était pas arrangé pour tromper la surveillance de l'occupant nazi et rejoindre, entre-temps, sa famille à New York. Après l'explosion de joie qui salua la libération de Paris, la signature de la paix, en 1945, m'incita à profiter de l'ouverture des frontières pour me rendre en Belgique. Par une coïncidence digne de nos aventures de l'exode, on me proposait de prononcer, dans plusieurs villes wallonnes, une série de conférences sur la littérature française du XIXᵉ siècle. Peut-être, une fois là-bas, dénicherais-je quelqu'un qui me conduirait jusqu'à Nikita ou qui, du moins, m'indiquerait son adresse ? Je demandai un congé de quinze jours à la préfecture de la Seine et pris le train pour Bruxelles en rêvant à des retrouvailles qui me rappelleraient celles, merveilleuses, de la rue Spontini.

De cette suite d'exhibitions et de discours devant un public belge poli et clairsemé, je n'ai gardé que le souvenir d'une femme âgée, à l'imperméable mastic, au chapeau fleuri et à l'accent russe. Elle m'aborda à la sortie de la salle de conférences et me demanda tout de go :

— Votre vrai nom n'est-il pas Tarassoff ?

— Si, dis-je.

— C'est ce qu'on raconte chez nos compatriotes de Bruxelles, mais je voulais en avoir le cœur net...

Craignant qu'elle ne m'entraînât dans une discussion oiseuse sur les mérites comparés des écrivains russes et français du siècle précédent, je décidai néanmoins que ma rencontre avec cette aimable enquiquineuse pouvait être bénéfique et l'interrogeai à mon tour :

— Puisque vous fréquentez les milieux des exilés en Belgique, peut-être avez-vous entendu parler des Voïevodoff ?

— Bien sûr ! s'écria-t-elle. Mais ils sont aux Etats-Unis !

— Tous ?

— Oui, je crois...

Après une brève hésitation, elle se ravisa :

— Non, non ! Attendez : il y a un jeune couple Voïevodoff qui, peu avant la guerre, a quitté Bruxelles pour s'installer à Louvain. Elle est plus âgée que lui... Il travaille à la bibliothèque de l'Université, ou quelque chose comme ça... Sa femme est employée dans une pharmacie...

— Sa femme ? Ils sont mariés ?

— Oui. Pourquoi ?

— Pour rien..., pour rien...

Le cœur me battait jusque dans la gorge. Rassemblant mes esprits, je posai la question primordiale :

— Avez-vous leur adresse ?

— Ah ! ça, vous m'en demandez trop ! Mais ce n'est pas grave ! Si vous voulez leur écrire, vous pourrez toujours envoyer votre lettre à Louvain, aux bons soins d'une des pharmacies de la ville. Dans cette profession, les gens se connaissent tous entre eux : ils feront suivre...

Je la remerciai avec effusion. Cette fois, je tenais une piste ! Le reste ne m'intéressait pas. Avec une ingratitude radieuse, je refusai de poursuivre la conversation et retournai à l'hôtel, enrichi d'une nouvelle perspective. Dès le lendemain, j'écrivis au nom de Mme Nikita Voïevodoff, en indiquant sur l'enveloppe l'adresse d'une pharmacie de Louvain, prise au hasard dans l'annuaire du téléphone. Pour ne pas dérouter mes amis, j'avais signé mon message du nom de Tarassoff, le seul qui leur fût connu. Et je priai le concierge de l'hôtel de noter sur son registre que Tarassoff et Troyat, c'était du pareil au même. Réflexion faite, je n'avais que peu d'espoir d'avoir visé juste dès le premier essai.

Or, quelques jours plus tard, je reçus une réponse. Elle émanait de « Mme Liliane Voïevodoff ». De toute évidence, elle n'était plus Mme Souslavsky. Nikita l'avait réellement épousée. Huit lignes laconiques. Je fus surpris qu'elle ne fît aucune allusion à Nikita dans son bref billet. En tout cas, elle était d'accord pour me rencontrer et me fixait rendez-vous dans un grand café de Louvain, à midi et quart, le dimanche suivant. J'avais prévu d'être de retour à Paris ce jour-là. Mais je n'hésitai pas et annulai ma réservation dans le train. Cette nuit, je pus à peine fermer l'œil ; il me semblait que j'avais de nouveau douze ans et qu'on m'attendait comme jadis, rue Spontini, pour une fête de l'amitié et de la littérature.

Je fus exact au rendez-vous. En pénétrant dans le café, je vis avec étonnement, assise près de l'entrée, une grosse femme au regard atone, qui souriait en me tendant la main. Sans doute avais-je moins changé qu'elle puisqu'elle m'avait reconnu. Où donc était passée la Lili, gracile et provocante, qui m'avait appris à danser ? J'avais quitté une coquette, je retrouvais une matrone. La vie marche plus vite que la mémoire. Etourdi par la fuite vertigineuse du temps, je balbutiai quelques plates paroles de courtoisie, mais ne pus m'empêcher de regretter, en passant, que ni elle ni mon cher Nikita n'eussent éprouvé le besoin de m'annoncer, le moment venu, leur mariage.

— Je ne l'ai appris que ces jours-ci, et tout à fait par hasard, dis-je avec reproche. C'est absurde !...

— Oui, oui, reconnut-elle, mais nous avions alors la tête à l'envers... Tout était si compliqué, pour nous !... D'ailleurs, la cérémonie a été très discrète, sans invitations, sans tralalas.

— Et Nikita ?... Il n'est pas venu avec vous aujourd'hui... Où est-il ?

Elle porta posément un demi de bière à ses lèvres trop rouges, but une large lampée et répondit :

— Quoi ? Vous ne le savez pas non plus ? Nikita est mort.

Fauché sur pied par cette révélation, je m'assis à côté de Lili, commandai à mon tour de la bière et murmurai :

— Quand ? Comment ?

J'étais d'autant plus surpris que Nikita, ayant gardé son statut d'apatride, n'avait pas dû être mobilisé en Belgique. Lili avala encore une rasade de bière et attendit que le garçon m'eût apporté mon verre pour préciser, d'une voix traînante :

— On a subi un sacré bombardement à Louvain, en mai 1940, quand les Allemands ont envahi la Belgique ! Un raid de stukas !... La bibliothèque de l'Institut a été aux trois quarts détruite... Nikita était sur place, ce jour-là. Il veillait sur les livres. Il n'a pas voulu descendre aux abris...

Je courbai la tête. Ainsi, Nikita, qui avait toutes les chances d'être épargné par la guerre, y avait trouvé une mort absurde, alors que moi je m'en étais tiré sans une égratignure.

— On a eu beaucoup de mal à le dégager des décombres, reprit Lili. On m'a affirmé qu'il avait été tué sur le coup.

— C'est horrible ! bredouillai-je, incapable de trouver d'autres mots que ceux de la plus fade convention pour exprimer mon désarroi.

Et, par politesse, je dis encore :

— Mais vous-même, Lili... ?

— Oh ! moi, j'étais à la pharmacie. Je n'ai rien eu. Maintenant, je me remets peu à peu de ce cauchemar...

Son œil s'alluma entre ses paupières fanées et elle annonça avec une fierté mélancolique :

— Je vais même me remarier !

Je n'eus pas le courage de la féliciter d'avoir si vite repris le dessus. Ce troisième départ dans la vie d'une femme sur le déclin m'écœurait et m'attristait. Je renonçai également à lui demander le nom du nouvel élu. Peu m'importait l'avenir sentimental de Lili, puisque Nikita n'était plus dans la course. Comme je gardais le silence, ébranlé par la révélation qu'elle m'avait assenée, elle ouvrit devant moi un énorme sac à main de chapardeuse à l'étalage et en extirpa une liasse de feuillets que je reconnus aussitôt.

— C'est votre *Fils du satrape*, dit-elle. Nikita l'avait gardé précieusement. Il le relisait parfois. Je pense qu'il regrettait d'avoir abandonné en cours de route ce récit de jeunesse. Il n'a rien écrit d'autre, d'ailleurs... Je ne sais pas quoi en faire... Voulez-vous l'emporter ?

Je me saisis jalousement du manuscrit, le serrai contre ma poitrine et promis d'en avoir grand soin. Comme je m'apprêtais à prendre congé, elle me dit encore :

— Nikita a été enterré ici, dans le cimetière de Louvain. Si vous souhaitez vous rendre sur sa tombe, je puis vous indiquer l'emplacement exact...

— Non, non ! répliquai-je précipitamment.

Je dois reprendre le train pour Paris dès demain matin.

Lili hocha sa lourde tête d'ancienne jolie femme et soupira :

— Je comprends, je comprends ! Eh bien, adieu, Lioulik !

Elle ne m'avait même pas demandé ce que j'étais venu faire en Belgique. Sans doute ignorait-elle que j'étais écrivain et que je publiais depuis bientôt dix ans, sous le nom de Troyat. Je lui baisai la main en la quittant et me hâtai vers la sortie, le manuscrit coincé sous le bras et un chagrin d'enfant dans la tête.

En me retrouvant dans ma chambre d'hôtel, j'eus l'impression d'avoir franchi quinze ans en dix minutes. Le gamin était redevenu un adulte, l'écolier hésitant un écrivain à demi satisfait de son sort et impatient d'écrire le grand livre auquel il avait follement songé dans sa prime jeunesse. Une bizarre nostalgie me poussait à regretter le temps lointain où tout en moi n'était encore qu'espoir et incertitude. Il me manquait la lumineuse inconscience des débuts dans la vie. Pendant que je tournais les pages couvertes par l'écriture appliquée de Nikita, les belles heures de la rue Spontini me revenaient en mémoire. Mais, quel que fût mon désir de m'émouvoir à l'évocation du passé, je fus très vite obligé de convenir que *Le Fils du satrape* était une plaisanterie de potaches. Avec une rancune à retardement, j'en jugeai le style incorrect, le sujet aberrant et l'ensemble dénué de valeur, malgré de grandes prétentions à l'originalité. Je revoyais une notation sévère de

M. Etienne Korf, sabrant la marge d'une de mes copies de français : « Déplorable facilité. » Le verdict s'appliquait parfaitement à notre ébauche de roman. Je me rappelais qu'au moment de renoncer à notre travail nous cherchions encore désespérément un rebondissement pour la suite. Ce rebondissement, *Le Fils du satrape* l'avait trouvé, quelques années plus tard, dans le bombardement de Louvain.

Avant de me coucher, je sonnai le garçon d'étage. Ma chambre d'hôtel, de style vieillot, comportait une cheminée. Je fis allumer du feu dans l'âtre et, resté seul, y jetai ces pauvres feuillets qui nous avaient permis, jadis, de croire à nos vocations d'écrivains. Mais la cheminée tirait mal. Les pages couvertes de nos hiéroglyphes mirent longtemps à se consumer, avec des grésillements horribles et de brèves flambées. Face à cet autodafé clandestin, j'étais partagé entre le remords du criminel et la bonne conscience du justicier. A l'instant où le dernier vestige de nos ambitions d'autrefois allait tomber en cendres, ce n'était pas au *Fils du satrape* que je songeais, mais au fils de Georges Voïevodoff, à l'irremplaçable Nikita. Il était mort sans avoir publié un seul livre. La liste des miens s'allongeait, d'année en année, en tête de chaque volume. Lequel de nous deux avait choisi la meilleure façon d'assouvir son goût puéril et tyrannique du rêve ?

TABLE

DU MÊME AUTEUR

Romans isolés

BAUDELAIRE (Flammarion)
BALZAC (Flammarion)
RASPOUTINE (Flammarion)
JULIETTE DROUET (Flammarion)

Essais, voyages, divers

LA CASE DE L'ONCLE SAM (La Table Ronde)
DE GRATTE-CIEL EN COCOTIER (Plon)
SAINTE-RUSSIE, *réflexions et souvenirs* (Grasset)
LES PONTS DE PARIS, *illustré d'aquarelles* (Flammarion)
NAISSANCE D'UNE DAUPHINE (Gallimard)
LA VIE QUOTIDIENNE EN RUSSIE AU TEMPS DU DERNIER TSAR (Hachette)
LES VIVANTS, *théâtre* (André Bonne)
UN SI LONG CHEMIN (Stock)
TERRIBLES TSARINES (Grasset)

Composition réalisée par JOUVE

IMPRIMÉ EN FRANCE PAR BRODARD ET TAUPIN
La Flèche (Sarthe)
Librairie Générale Française - 43, quai de Grenelle - 75015 Paris.

ISBN : 2 - 253 - 14608 - 0   ◈ 31/4608/1